KB119014

그녀의
시간

그녀의
시간

인문학자 한귀은이 들여다본
성장하는 여자들의 이야기와 그림

한귀은 지음

예담

차례

연인의 지고지순한 밀어는 남이 듣기에 따라 코미디가 되기도 한다.

> "네가 아니었으면 이 세상에 나 혼자였을 거야. 고마워."
> "나도 고마워. 당신 때문에 다시 태어났어."

이런 말을, 두 손 꼭 잡고 주고받는 연인을 상상해 보라.

그런데 우리는 이 코미디를 사랑한다. 우리도 그렇게 했으며, 그 말의 기운이 사그라지기도 전에 헤어졌으며, 상대를 죽도록 미워했으며, 그러다가 오랜 시간이 지난 후 웃으면서(혹은 비웃으면서) 그 사람을 다시 떠올리게 되었기 때문이다. 그래서 간혹 이 코미디는 그 무엇보다 슬픈 장면으로 탈바꿈한다. 우리는 그런 순수한 연인을 보며 왈칵 눈물을 쏟게 되는 것이다.

시간이 그렇게 만든다.

시간은 많은 것을 가르친다. 시간으로 인해 우리는 사랑이 욕망의 투사일 수 있다는 걸 알게 된다. 결혼이란, 그 욕망의 투사가 더 이상 불가능한 상태에 진입하는 일이라는 것도 알게 된다. 결혼을 하지 않더라도 나이라는, 시간이 남기는 흔적이 순수하고 미련한 투사를 그치게 한다. 그래서 헤어진 그 사람을 원망하다가 그리워하고, 자신을 자책하다가 연민하게 된다.

좀 더 살다 보면, 또 알게 된다. 그럼에도 불구하고 그 속에서 살아갈 가치가 반짝 빛나고 있다는 걸. 그리고 그것이 결국엔 나 자신을 알아가는 과정이라는 걸. 다른 누가 되는 것이 아니라 온전히 나 자신이 되는 것이 성장이란 걸.

에리히 프롬은 사람은 완전히 태어나기도 전에 죽는다고 했다. 성장은 끝이 없다는 말이고, 온전히 성장하기도 어렵다는 말이다. 성인기에 접어들었다고 다 성장한 것은 아니다. 성장이 완결되었다고 확신하는 순간, 퇴행이 시작되는지도 모른다. 사람은 매 순간 성장한다. 성장한다는 것은 더 지혜로워지고 더 인내심이 강해진다는 뜻이 아니다. 그건 혼돈을 수용하는 능력이 더 생긴다는 거고, 불안 속에서도 균형을 잡을 수 있다는 의미다.

여자들의 성장기를 담았다. 10대부터 60대까지 여자들의 이야기다. 읽으면서 '나는 어디쯤을 지나고 있을까'를 생각해 보았으면 한다. 자신이 기억하고 있는 삶을 되돌아보고, 아직 겪지 않은 일과 앞으로 만날 시간에 대해 피드포워드(feed-forward) 하기를 바란다.

지어낸 이야기가 아니다. 상상력이 부족해서 꾸며낼 수는 없었다. 겪은 이야기, 들은 이야기를 썼다. 이야기를 해 준 사람들에게 거짓말을 조금 보태도 된다고 했다. 사실만 말하라고 하면 경직되기 마련이다. 거짓말을 할 수도 있는 상황이 그들을 진실로 이끌었을 것이다.

집필을 끝낸 후 이런 일이 있었다. 들은 대로 쓴 건지, 내가 상상해서 쓴 건지 모호하게 느껴지는 부분이 있었다. 그래서 그 이야기를 나눴던 사람에게 물었다. 그녀는 그런 말을 한 적은 없지만, 마음속으로 그렇게 생각은 했었다고 말했다. 그러니까 나는 그녀의 생각을 썼던 셈이었다. 사실대로 쓴 것은 아니었지만, 감히 말하자면, 진실을 찾으려 했던 것이다.

글을 쓰면서 인문학자로서 그녀들의 삶에 덧붙이고 싶은 조언이 있었다. 그것을 그림과 그림에 대한 주석으로 담았다.

등장하는 인물의 이름은 모두 가명이며, 개인 보호를 위해 사건의 장소나 상황을 변경한 경우도 있다. 글의 긴장감이나 서술상의 효과를 위해 일인칭 시점으로 쓴 것도 있는데, 이야기에 '나'가 나오지만, 이 '나'는 반드시 필자는 아님을 밝혀 둔다.

꿈에 이야기의 주인공들이 마구 섞여 등장해서 나를 혼란시키기도 했다. 그 이야기를 푸느라 힘들었지만, 삶이 또한 그러하다는 생각이 들었다. 이제 그들을 온전히 떠나보낸다. 내 삶을 살아야겠다.

헌팅

중독이 시작되는 순간부터 인격은 성장을 중지한다.
중독은 성숙하기 위해 겪어야 하는 힘겨운 인생경험을 박탈하기 때문이다.

필립 플로레스, 《애착장애로서의 중독》

1

바람 없이 비가 내리는 토요일 오전, 온 세상이 원래부터 축축하게 젖어 있었던 것처럼 어느 곳에서나 똑같은 습도를 나누어 가지고 있어 세상의 차별이 사라지는 날.

버스 안 사람들도 모두 비슷비슷한 복장을 하고, 비가 지겨워 죽겠다는 듯한 표정으로 시무룩하게 앉아 있다. 비는 겨우 어젯밤부터 내리기 시작했는데, 사람들은 오래 전부터 비를 맞아온 것처럼 체념한 얼굴들이다.

사람이 많으면 좋으련만…….

명은이 그렇게 생각하는 데는 이유가 있었다. 버스에 사람이 많으면 어쩐지 사냥이 더 활기를 띨 것 같았다. 경쟁 속에서 사냥을 하는 것이 훨씬 더 신나는 일이라고 생각했다. 물론 버스에 탄 모든 사람들이 사냥터로 향하는 것은 아니지만, 이 버스는 그 사냥터를 스치게 되어 있고, 항상 무언가를 욕망하는 사람들은 당연히 그 사냥터를 그저 지나칠 수는 없는 법이니까.

명은의 사냥터는 백화점이었다. 백화점 옷걸이에 차곡차곡 걸린 옷들을 보거나 진열장에 디스플레이공학적으로 계산되어 올려진 가방을 보면 그 물건들은 마치 사냥을 기다리는 식물성의 짐승들 같았다. 도무지 그 물건들을 돈과 바꿔야 한다는 것이 마음에 들지 않았다. 물건에 따라서 그 돈의 액수가 달라진다는 것도 우습게 여겨졌다. 뭔가는 백만 원이 넘고 또 다른 것은 삼사천 원을 주면 손에 들어온다는 것이, 그런 복잡한 체계가 우스꽝스러웠다.

그냥 가져오면 된다, 걸려 있는 것을 가방에 쑤셔 넣으면 되고, 널려 있는 것은 집어 들면 된다, 그게 명은의 사냥 방식이었다.

비가 오는 날에도 백화점은 비와 무관했다. 백화점은 바깥세상의 모든 흔적들이 다 지워진 완벽한 사냥터였다. 사냥을 위한 무균실 같기도 했다. 완벽한 조도, 적당한 습도가 명은의 욕망을 부추겼다.

사람들은 백화점에서 돈을 주고 물건을 받아 든다. 돈이 아니라 카드로 물건을 사는 경우엔 조금은 사냥의 본성을 느낄 듯도 했다. 카드를 '긁는다'는 것도 감각적이다. 그건 잘 관리된 칼을 섬세하게 패인 구멍에 들이미는 것과 비슷하다. 카드는 칼이고, 카드 단말기는 구멍인 셈이다. 카드를 긁으며 사람들은 물건에 들어 있는 물신에 맹세하는 듯한 포즈를 취

한다. 그리고 그 물건을 자신만의 장소에 모시게 되는 것이다.

그러나 명은의 사냥은 훨씬 더 원초적이었다. 그녀는 그냥 그 물건을 취했다. 자신의 용맹함과 눈치로 물건들을 탐식했다. 물건의 경중 따위는 없었다. 생존을 위해 사냥터에서 목숨을 내놓는 원시의 남자들처럼 백화점 수렵에 나설 때 명은은 마음이 경건해지곤 했다. 서늘하면서도 달떴다.

그녀의 수중에 들어오는 물건은, 그 모양이나 가치 때문이 아니라, 상황 때문에 입수되었다. 그러니까 수렵의 상황이 세팅되면 그 물건은 사냥꾼의 차지가 되었던 것이다.

때때로 전혀 헌팅할 의도가 없었는데 그 물건이 자기 쪽으로 넘어올 때가 있었다. 헌팅의 최적화 상황이라는 것이 있기 때문이다. 그래서 사냥된 물건들이 모두 명은의 소용물이 되는 것은 아니었다. 명은의 소용물이 되지 않은 것들은 옷장이나 서랍에 차곡차곡 쌓여 갔다. 썩지도 않고 조용히 낡아가는 그 물건들을 보면서 명은은 시간의 두께를 의식하곤 했다.

버스 의자에 무표정하게 앉아 있는 이십대 여자의 모습 같다.
화장을 했지만 어색하고, 블라우스를 입었지만 넥타이를 매어 자신의 여성성을 숨겼다.
그래서 겁먹은 듯한 모습이 되었다.
어떤 여자가 옷을 지나치게 단정하게 입고 화장을 짙게 했다면,
어딘가 불균형한 모습이라면 분명 겁먹었다는 뜻이다.
이 상태가 지속되면 자아고갈이 오기 쉽다.

'자아'라는 것도 바닥이 날 수 있다.

특히, 어떤 것을 참을 때마다 정신적으로 에너지가 소모되는데,
이 에너지에도 한계가 있어서 계속 참기만 하다 보면 나중에 버틸 힘이 없어지는 것이다.
견디면 견딜수록 인내심이 생기는 것이 아니라,
오히려 견딜 힘이 바닥이 나서 결국 무너지게 되고,

나중에는 더 이상 참으려 하지 않는 상태에 이르게 된다.

아메데오 모딜리아니, 〈블라우스를 입은 소녀〉, 1917

2

명은의 사냥은 훈련된 사냥꾼들이 그렇듯이 주기적이었다. 별다른 일이 없는 토요일이면 헌팅웨어로 갈아입고 백화점으로 가는 버스에 올랐다. 헌팅웨어라고 해서 아줌마들이 즐겨 입는 그런 아웃도어웨어가 아니었다. 헌팅웨어는 좀 더 신중히 선택되었다. 그것은 사냥에 편해야 하고, 사냥꾼임이 드러나지 않아야 하고, 매번 전혀 다른 스타일이라서 명은의 익명성이 보장되어야 했다. 헌티드웨어(명은은 자신이 사냥한 옷을 이렇게 불렀다)도 시간이 지나 헌팅웨어가 되곤 했지만, 그럴 때에도 이전에 돈을 주고 산 옷과 함께 코디함으로써 스스로 사냥꾼으로서의 안정감을 잃지 않도록 했다.

세상 전체가 빅아이라고 불리는 감시카메라로 덮여 있는데 어떻게 사냥이 가능할까. 게다가 명은은 평범하기 짝이 없는 이십대 후반의 여자였다. 명은은 자기를 소개하는 자리라도 생기면, 자신에겐 전혀 특징이 없어 도대체 나중에 기억할 이가 있을까 싶었다. 교사이긴 하지만 정식 교사가 아니라 기간제 교사라는 것 정도가 특이하달까. 하지만 그건 특이한 것이 아니라 결핍이었다. 수치이기도 했다. "무슨 일 하세요?"라는 질문에 "애들 가르쳐요"라고 대답하면 사람들은 으레 "아, 선생님이시군요" 하면서 결혼시장에서의 가격을 가늠하곤 했다. 가격은 직장만으로 책정되지 않았다. 외모, 걸치고 있는 옷과 신발, 피부색, 몸매 따위도 명은의 가격 산정 요소가 되었다. 사람들은 명은을 '교사'라고 단정했다.

하지만 교사와 기간제 교사는 전혀 다른 레벨이다. 기간제 교사는 말이 교사지, 엄밀히 말해 교사가 되지 못한 사람들이다. 임용고시라고 하는, 교사가 되기 위한 필수 단계를 통과하지 못한 루저들이다. 다시 말해, 교사의 반대말이 기간제 교사다. 명은은 서둘러 "아니에요, 기간제 교사에요"라고 말하곤 했는데, 그때마다 사람들은 명은의 값을 계산하는 걸 멈추었다. 그리고 위로의 말을 하기도 하고, 떨떠름한 표정으로 그럴 줄 알았다는 듯이 돌아서기도 했다.

그 다음부터 명은은 무슨 일 하느냐는 질문에 아예 처음부터 "기간제 교사에요"라고 말했다. 그렇게 말하면 자신의 모든 치부를 다 드러내는 것 같았다. '기간제 교사'라는 말 한마디만으로 자신은 교사가 되고 싶었으나 그 테스트에 통과하지 못한 사람이며, 그럼에도 불구하고 학교에 빌붙어 있으면서 학생들의 인정조차 받지 못하고 있는데다가, 스스로도 자존감이 없는 사람이라는 그 숱한 디테일이 축약돼 전해지는 것 같았다.

반듯한 이마를 가진 소녀다.
이목구비가 아주 똑똑해 보인다.
소녀는 일찍 철이 들었을 것이다.
그렇지 않다면 저런 눈빛을 할 수 없다.

능력이 있지만 자신의 능력을 모르고 자신감 없는 여자들이 많다.
그런 여자는 그 능력으로 자신을 학대한다.

우울증이란 것이 이렇게 해서 생긴다.
우울증은 자기 자신에 대한 분노다.

세상을 향해야 할 분노가 자신을 향하는 이유는,
제어할 수 있는 것이 오직
자기 자신밖에 없기 때문이라고 여기기 때문이다.

알렉세이 베네트시아노프, 〈수레국화를 가진 농부의 딸〉, 1820년대

3

1년 전에 맞선을 봤었다. 남자는 순수한 얼굴로 "선생님이시라구요?"라고 했다. 그게 남자의 첫마디였다. "아, 네." 명은은 그냥 그렇게 대답했다. 웃는 모습이 순해 보이는 남자였다. '선생님이시라구요'라는 그의 말은 악의도 없고 불순한 의도도 없는 것처럼 느껴졌다. 맞선 자리에서 남자들은 '교사'라는 것을 재확인하려 했다. 그들도 알고 있었다. 교사는 '진짜 교사' '학원 교사' '기간제 교사'로 나뉜다는 것을. 그런데 그 남자에겐 그런 분류법이 없는 듯했다. 그냥 '가르치는 사람'을 '교사'라고 정의하는 사람인 듯 보였다.

"무슨 과목 가르치세요?"
"국어요."
"아, 국어 선생님이시군요. 저도 중학교 때 국어 선생님 좋아했었는데. 남학생들은 은근히 국어 선생님 좋아해요."

남자는 온순하고 평범했다. 중소기업에 다니는 이 남자와는 보통의 테두리 안에서 보통으로 살 수 있을 것 같았다. 명은에게 많은 것을 요구하지 않을 것 같았고, 명은도 이 남자에게 바라는 것 없이 편안한 옷을 걸치듯이 살 수 있을 것 같았다. 그건 명은이 가장 바라는 삶이었다.

"저는 그렇게 인기 있는 선생은 아니에요."

"그럴 리가요. 얌전하고 문학적으로 보이시는데요."

남자의 칭찬이 싫진 않았지만 너무 상투적이라 불편했다. 하지만 이 불
편함의 정체는 남자의 상투성이 아니라 자신이 기간제 교사라는 사실을
남자가 모르기 때문이라는 생각이 든 순간, 명은은 말해 버리고 말았다.

"저, 혹시, 제가 기간제 교사라는 말도 들으셨어요?"
"네?"
"그 중매 아주머니가 제가 기간제 교사라는 말을 안 하던가요?"
"그게 뭐죠?"
"그러니까 정식 교사가 아니라 일정한 기간 동안만 그 학교에서 학
생들을 가르치는……."
"그럼, 교사가 아니세요?"
"아니, 그런 게 아니라……."

그런 말을 주고받다가 어색하게 일어났다.

얼핏 보기에 욕심이 많고 옹졸해 보이는 얼굴이다.
하지만 이 얼굴을 그대로 믿어서는 안 된다.
의외로 따뜻하고, 키스까지 잘하는 사람일지도 모른다.
그 반대도 마찬가지다.
후덕하고 순수해 보인다 하더라도
오히려 그 후덕과 순수의 이미지는 처세를 위해 만들어진 것일 수도 있다.

사람을 정확히 판단하기 위해서는 자존감이 필요하고
이해타산에서 벗어나 있어야 한다.

명은은 자존감이 낮았고 결혼으로 안정된 삶을 보장받고자 했다.
그래서 남자를 제대로 평가하지 못했던 것이다.

아메데오 모딜리아니, 〈배상의 초상〉, 1917

남자와 헤어지고 명은은 호텔 옆에 있는 백화점으로 갔다. 물건들은 풍요로웠다. 백화점은 나무와 풀이 너무 많아 숨어내야 할 거대한 정글처럼 보였다. 지나치게 따뜻하기도 했다. 맞선을 위해 입고 간 치마 정장은 그 백화점에서조차 어울리지 않았다. 자신이 철지난 촌스러운 옷을 입은 조선족 여자처럼 여겨졌다. 혼자서 90년대 코스프레를 하고 있는 것 같기도 했다. 화장도, 구두도 백화점의 관점에서 봤을 때 도무지 용서될 수 없는 아이템 같았다.

두려움도 솟구쳤다. 이런 게 공황장애라는 건가, 하는 생각도 들었다. 그리고 동시에 이런 것쯤은 극복해야 하는 거야, 라는 오기도 생겼다. 방금 맞선에 실패한, 아니, 내내 맞선에 실패하고 있는 자신에 대한 보상을 바로 여기서 해 줘야 할 것만 같았다.

일단, 지금 입고 있는 옷을 벗어야 했다. 신발도 쓰레기통에 넣어야 했다. 화장도 다 지워야 했다.

화장은 쉽게 고쳐졌다. 백화점에서는 메이크업 쇼를 하고 있었다. 명은은 무엇보다 그 쇼를 진행하는 메이크업 아티스트의 말에 솔깃했다.

 "메이크업으로 메이크오버가 가능합니다. 메이크오버는 단순히 외모나 스타일을 바꾸는 것이 아니에요. 비주얼은 물론 애티튜드까지 바꿔야죠. 제대로 된 메이크업은 애티튜드까지 바꿉니다."

명은은 화장으로 가치관도 바꿀 수 있을 것 같았다. 화장만 잘 되면 자신 감이 생기고 자신이 기간제 교사든 실업자이든, 화장만 바꾸면 그 누구에게도 당당해질 수 있을 것 같았다. 쇼가 진행되는 무대 앞에서 감동적인 표정을 짓고 있는 명은을 아티스트는 단번에 알아봤다. 명은을 무대 위로 올렸다. 명은은 마치 근사한 남자의 초대에 응하는 여자처럼 무대로 조심스럽게 한 발 한 발 떼어 올라갔다.

"오늘, 중요한 일이 있으셨나 봐요. 그런데 영 화장이 말이 아니네요. 메이크업을 통한 메이크오버, 지금 시작합니다."

명은은 그쯤 희화화되는 것은 괜찮다고 생각했다. 순간 얼굴이 화끈거렸지만 메이크업 아티스트의 손길이 너무 부드러워 마음조차 누그러지는 것 같았다.

화장을 지우는데 아티스트의 손에서 사람의 온기가 느껴졌다. 위로받는 느낌이었다. 민낯이 되는 것도 아무렇지 않았다. 이렇게 따스한 손길을 받고 있는데, 맨얼굴을 내놓는 것이 뭐 대수랴. 게다가 명은은 이 대도시에서 아는 사람이 별로 없었다. 자신을 알아볼 사람은 이 백화점에서 아무도 없을 듯했다.

명은은 대구에 있는 사범대학을 나왔다. 그리고 임용고시 준비를 위해 서울로 왔다가 운 좋게도 기간제 교사를 할 수 있게 되었다. 정말 운이 좋은 일이었다. 기간제 교사도, 아무나 하는 일은 아니었다. 게다가 지방대를 나온 사람이 서울 중등학교의 기간제 교사를 한다는 것은 거의 불가능한 일이었다. 그러니 더 왕따를 당했다. 교사들에게도, 학생들에게도, 명은은 이방인이었다.

사투리 정도는 고칠 수 있었다. 화장처럼 쉬웠다. 매일매일 뉴스를 보며 아나운서의 말을 따라했다. 고향에도 내려가지 않았다. 6개월이 지나자 명은에게 지방 출신이냐고 묻는 사람이 없어졌다. 그렇다고 정말로 메이크오버가 되는 것은 아니었다. 오히려 사투리를 의식하면 의식할수록 자신의 태생이 더 촌스럽게 느껴졌다.

메이크업이 끝났지만 아티스트는 명은에게 거울을 보여주지 않았다. 아티스트는 주위에 모여 있는 사람들에게, 얼굴이 확 바뀌지 않았느냐고, 정말 전혀 다른 사람 같지 않느냐는 말만 반복했다. 하지만 명은이 보기에 칭찬하는 것이 아니라 수군거리는 것 같았다. 사람들이 하나둘 씩 자리를 뜨자 아티스트는 그제야 거울을 명은의 손에 들려주었다. 거울 속에는 자기 얼굴이 아니라 어색한 가면을 쓰고 있는, 자신감이라고는 전혀 없는 여자가 들어 있었다. 그 따뜻한 손길에 대한 배신감이 느껴졌다. 명은은 서둘러 그 자리를 피해 화장실로 들어갔다.

화장실은 학교에서도 명은의 도피처였다. 울고 싶을 때나 혼자 있고 싶을 때 명은은 변기 위에 오래 앉아 있곤 했다. 그럼 옆 자리의 물소리가 들리고 볼일 보는 낌새도 느껴지고 점차 그 소리와 냄새 때문에 모든 일들이 다 사소하게 생각되곤 했다.

백화점 화장실에선 그냥 앉아 있을 수만은 없었다. 분장을 고치는 배우처럼 아이라인 위에 다시 아이라인 그리고, 립스틱 위에 다시 립스틱을 덧칠하고, 아이브로우 위에 다시 펜슬을 갖다 대어 눈썹을 그렸다.

아티스트가 말하는 그 메이크오버 위에 다시 페인트오버하는 기분은 끔찍했다. 끔찍한 만큼 마음엔 끔찍한 오기가 생겼다. 당장 스타킹도 벗고 옷도 다 벗어 던질 수 있을 것 같았다. 덧칠된 얼굴을 뭉개 버리고 속옷 바람으로, 아니 누추한 속옷조차 벗어 버리고 뭇사람들 앞에 나서고 싶다는 욕망이 든 순간, 명은은 변기 위에 풀썩 주저앉아 버렸다. 눈물 대신 뜨거움만 치밀어 오른다고 생각했는데, 그 생각보다 먼저 눈물이 화장실 바닥에 뚝뚝 떨어졌다.

바닥에 떨어진 눈물을 신발로 쓱쓱 문질러 닦으니 쉽게 구정물 자국이 되었다. 명은은 그 구정물 자국을 다시 한 번 발로 뭉개 버리고 화장실을 나왔다. 그리고 물건을 헌팅하기 시작했다.

중독은 인간관계의 결핍에서 발생한 애착장애다.
중독의 진정한 처방은 단 한 가지, 사랑이다.
명은의 가장 큰 문제는 도둑질을 한다는 것에 있었던 아니라.
아무도 자신을 사랑하지 않는다고 믿는 것에 있었다.
사랑을 받기 위해서 가장 선취되어야 할 것은,
자기 자신을 사랑하는 것이다.

기형도의 시 〈질투는 나의 힘〉에는 이런 구절이 있다.

"나의 생은 미친 듯이 사랑을 찾아 헤매었으나
난 한 번도 스스로를 사랑하지 않았노라."

자신을 움직이는 힘이 단지 '질투'뿐이라는 것은
그만큼 자신이 무력하다는 뜻이다.
자신을 사랑하지 않는다는 뜻이다.
그러므로 질투를 그만두는 것.
그것이 자신을 사랑하는 길이고, 자신을 사랑하게 될 때
다른 누군가로부터 사랑 받을 수 있게 된다.

라몬 가사스 이 카르보, 〈권태〉, 1894

5

그녀는 살아남기 위해 몰두하는 원시인들처럼 물건을 사냥했다. 2층이
가장 수렵하기 좋았다. 2층은 영에이지 매장이었다. 그곳은 명은 또래의
남녀가 넘쳐났다. 게다가 그들을 겨냥한 이벤트들이 곳곳에 있었다. 이벤
트 코너에 흩뿌려진 물건들은 어딘가 살점이 찍혀 나간 짐승들처럼 보였
다. 그 짐승들을 집어 드는 이들은 하이에나처럼 보였다. 다른 물건들보다
30퍼센트 정도 싸고, 30퍼센트 정도 구겨져 있었지만, 그 물건을 집어드
는 사람들은 판매자에게 90퍼센트 홀대 당하는 것 같았다. 하이에나들은
사실 백화점에 어울리는 족속들이 아닌 것이다. 백화점은 통으로 된 커다
란 하나의 공간인 것 같지만 그곳에도 경계가 있다. 명품족들의 우아한 공
간, 매스티지족이 거들먹거리는 공간, 하이에나들이 득실거리는 공간.

명은은 적어도 매스티지족이 되고 싶었다. 대중(mass)과 명품(prestige)을 결합
시킨 이 매력적인 조어 매스티지(masstige)는 명은이 바라는 이상향이었다.
안목이 있으면서도 합리적 소비를 하는 사람들의 세계에 진입하고 싶었
다. 정식 교사가 되면 그럴 수 있을 것 같았다. 매스티지족이 되어 매스티
지존을 거닐고 싶었다. 그게 명은이 생각하는 중산층의 삶이었다. 실속
형 명품, 세컨드 명품, 그런 것들에 만족하는 스스로가 대견스러울 것 같
았다. 그래서 명은은 가판대에 널린, 뜯긴 살점 같은 물건에는 손을 대지
않았다. 옷걸이에 걸려 있는 옷, 진열대에 디스플레이되어 있는 물건들만
헌팅했다.

명은이 손대지 못하는 물건도 있었다. 명품샵에 있는 물건들이었다. 그건 애초에 사냥을 위해 마련된 물건이 아닌 것 같았다. 그건 왕족들에게 상납되기 위한, 정제된 존재들처럼 보였다.

명품샵은 백화점 안에서도 유리를 통과해야 하는데, 그 유리가 적외선 감지기처럼 신분을 간파하고 명은은 결국 감별 당해 튕겨 나가게 될 것만 같았다. 명품샵 앞에 서니 실제로 명은은 척력이 느껴졌다. 그 순간, 명은의 눈에 들어오는 옷이 있었다. 검은 수녀복 스타일이었다. 하얀 옷깃에 몸판은 검은색으로 된, '나는 아무 장식이 없어도 빛나'라고 말하는 어떤 재수없는 여자 같았다. 수녀복을 본뜬 세속적인 옷, 세속적이지만 탈속적인 듯 숭고하게 빛나는 저 옷에 명은은 질투가 났다.

그리고, 정말로 수녀가 된 지수가 떠올랐다. 지수는 왜 수녀가 되었을까. 그녀는 임용고시에도 합격했었다. 자신과 다르게 정식 교사가 되어 3년이나 '선생님'이었다. 그런데 돌연 수녀가 되었다.

지수는 대학 때 가톨릭 학생회 일원이었다. 말이 가톨릭 학생회지, 실상은 운동권이었다. 종교와 운동권이 결합되면 저렇게 강력한 믿음이 되는구나 싶었다. 그러나 학과 안에서의 지수는 가톨릭도, 운동권도 아니었다. 지수는 어떤 집단의 일원으로서 전형성을 띠는 것이 아니라 오직 그녀만의 개성을 가진 아이였다.

지수는 자신을 매력적으로 희화화할 줄 알았다. 다시 말해서, 그녀는 자신을 유쾌하게 희화화했지만, 매력적이었다. 뭔가 절망을 겪어본 자만이 아는 희화화였다. 명은은 지수와 함께 있으면 자신도 대범해지는 것 같았다. 그래서 늘 지수를 가까이했다. 지수는 단짝 친구를 만들지 않는 스타일이었다. 그 점 또한 명은의 마음에 들었다. 명은은 편하게 지수 곁에서 지수의 장점을 누리고 있다고 생각했었다.

소녀 둘이 함께 과제를 하다가 바깥 풍경에 잠시 마음이 뺏긴 듯하다.

20대 소녀들은 무언가에 마음을 잘 내어준다.

욕망이 크기 때문이다. 욕망이 크다는 것은 건강하다는 의미다.

건강한 소녀들은 욕망의 실마리만 보여도 그쪽으로 몸과 마음을 움직인다.

욕망을 억눌러야 하는 소녀들은 자기 자신에게조차 그 욕망을 숨긴다.

스스로 욕망이 없다고 합리화하는 것이다.

욕망이 현실과 만나 정제되면 취향과 안목이 되는데,

그 소녀들은 자신의 취향과 안목을 만들 수 있는 기회를 스스로 박탈하는 것이다.

6

4학년 때 교육실습을 앞두고 명은과 지수는 백화점에 옷을 사러 갔었다. 봄빛의 옷들이 반짝거리고 있었다. 명은은 그 물건들에 주눅이 들었다. 옷걸이에 단정하게 걸려 있는 원피스나 블라우스에 눈길을 주는 것조차 자기 주제에는 가당치 않은 일처럼 느껴졌다. 명은이 백화점 이벤트 가판대에 널린 것들만 들쳐 보고 있는데, 옆에서 지수가 말했다.

"저렇게 옷이 많은데, 우리가 저것들 중에 하나쯤 그냥 가져도 되지 않을까?"

그때 지수는 다른 사람 같았다. 명은은 못 들은 척했다. 그럴 수밖에 없었다. 말을 한 사람은 지수인데, 그 말을 듣는 순간, 그걸 욕망하는 사람은 자기 자신이라는 것을 깨달았기 때문이다.

한 달 동안 교육 실습을 하면서 명은은 원피스 하나, 스커트 둘, 정장 바지 하나, 블라우스 둘, 재킷 하나로 버텼다. 그걸 순열조합하면 그래도 열세 가지 경우의 수가 나왔다. 명은으로서는 사치이기도 했다. 그날 백화점에서 과소비를 했던 것이다. 60퍼센트, 70퍼센트 이월 상품 위주로 샀지만 그래도 백화점 옷이었다.

지수는 블라우스, 재킷, 스커트 각각 하나씩만 샀다. 명은처럼 대폭 세일

32

하는 것을 사지 않고 옷걸이에 걸려 있는 것들을 골랐다. 지불한 금액은 명은과 비슷했지만 단지 세 장이었다. 아무리 조합을 해서 입어도 블라우스와 스커트, 블라우스와 재킷과 스커트, 그렇게 두 경우의 수만 나왔다.

지수는 한번은 청바지를 입고 갔다가 교감에게 야단을 맞았다고 했다. 날마다 같은 스커트에 블라우스를 입으니 학생들이 교복이냐고 놀리는 통에 어쩔 수 없이 청바지를 입었다고 했다. 제 딴에는 진보적인 예비교사로 불릴지도 모른다는 기대를 갖고 있었는데, 돌아온 건 교감의 훈육과 학생들의 비웃음이었다. 학생들은 지수가 패션 감각이 없는 데다 가난하기까지 하다는 것을 쉽게 알아차렸다.

지수는 임용고시에 단번에 붙었고 곧바로 임용이 되었다. 대구의 한 중학교였다. 지수는 교사가 되자마자 전교조에 들어갔다. 전교조에서 연극도 했다. 연극에 명은을 초청하기도 했지만 명은은 가지 않았다. 정식 교사들이 하는 그들만의 행사에 들러리가 되고 싶지 않았다.

사범대학을 졸업하면 임용고시에 합격한 사람과 불합격한 사람으로 나뉜다. 그것은 단지 합격과 불합격의 문제가 아니었다. 신분의 차이였다. 임용고시에 합격한 사람은 사귀던 애인과 헤어졌다. 그리고 조건이 더 나은 사람을 만나 서둘러 결혼했다. 그들은 남보다 빨리 중산층이 될 것이고, 백화점에서는 매스티지존을 거닐 것이고, 아이도 빨리 낳고, 자신들이 성공했다는 자부심으로 자녀교육도 남부럽지 않게 하게 될 것이었다.

그 이후로 명은은 지수와 연락하지 않았다. 명은은 지수에게 알리지도 않고 서울로 와 버렸고, 지수가 수녀가 되었다는 것도 명은처럼 서울에 올라와서 임용고시 준비를 하고 있는 친구에게서 전해 들은 거였다.

수녀복을 입은 지수의 모습이 어떨까. 명은은 상상이 잘 되지 않았다. 청바지를 입어 야단을 맞았던 지수가, 백화점에서 "저 옷 중 하나는 가져도 되지 않을까?"라고 말했던 지수가, 전교조에 들어가 연극을 했던 지수가 왜 수녀가 되고 싶었을까.

어딘가를 나서는 여자의 모습이다.

아쉬운지,

아니면 누가 불렀는지 그녀는 뒤를 돌아본다.

떠난다는 것은 뒤에서 목소리가 들리는 일이다.

'지수'도 청바지를 입으면 불러서 비난을 하는 학교를,

물건들이 산더미 같이 쌓여 있지만 자기 것은 하나도 없었던 백화점을 떠나면서,

그럼에도 불구하고, 아쉽고 아팠을 것이다.

윌리엄 맥그리거 팩스턴, 《스튜디오를 떠나며》, 1921

7

지수가 입고 있을 수녀복 같지만 수녀복이 아닌 명품 원피스가 유리 안쪽에 있다. 명은이 그 옷을 사냥할 수는 없었다. 유리 안의 것들은 명은의 사냥 품목이 아니었다. 명은은 저것과 비슷한 옷을 찾아야지 하고 생각했다. 정확한 사냥감이 생긴 것이다. 그녀는 2층에서 3층으로, 4층으로, 다시 2층으로, 8층 이벤트홀로 오가면서 그 검고 섹시한 수녀복을 탐색하기 시작했다. 그리고 찾았다. 그 수녀복은 3층 여성복 매장에 걸려 있었다.

그러나 사냥을 하기에는 원피스 길이가 너무 길었다. 가방에 쑤셔 넣기에 시간이 걸릴 것이다. 어떻게 해야 할지 머리를 굴리고 있을 때 바로 옆 이벤트 코너에 사람이 몰리고 있는 것이 보였다. 바로 저거야, 명은은 저 사람들을 이용해 시선을 분산시킬 수 있을 것 같았다. 점원이 이벤트 매장으로 몰리는 사람들을 보고 있을 때 명은은 점원에게 등을 돌린 자세로 그 옷을 재빨리 접어 배에 감싸고 그 위에 가방을 올려서 유유히 빠져나와야겠다고 생각했다.

사이즈 따위를 볼 겨를이 없었다. 사실, 사이즈를 보지 않아도 명은은 사이즈를 정확히 맞추었다. 느낌이 왔다. 이건 55, 저건 44, 66⋯⋯.

여성복 사이즈는 11씩 차이가 난다. 11의 차이, 44, 55, 66, 77, 88. 그런 여성복 사이즈 숫자가 얼마나 웃긴지. 44로 갈수록 의미있고 가치 있는 사람, 88쪽으로 갈수록 개조되어야 할 사람처럼 여겨지게 만드는 것이다. 명은은 그 숫자체계가 지겨우면서도 44 사이즈는 또 다른 격조처럼 느껴졌다. 단지 신체 치수일 뿐인데 44와 44가 아닌 숫자들 사이에는 넘지 못할 신분상의 간극이 있는 것 같았다.

사냥은 성공이었다. 명은은 미리 봐둔 가장 가까운 화장실로 들어갔다. 그리고 헌팅한 원피스를 만져 봤다. 천연모직은 아닌 듯했다. 기껏해야 모 30퍼센트에 레이온이나 아세테이트로 채워진 혼방이라는 것이 감지되었다. 정확히 그랬다. 명은의 손길은 사냥꾼의 손길과 같았다. 사냥꾼의 손길이 짐승의 살코기와 지방의 정도, 피의 무게를 가늠하는 것처럼 명은은 섬유의 조합을 쉽게 알아차렸다. 천연모직처럼 보이는 옷이라도 그 섬유 위에 흐르는 미묘한 정전기로 그건 합성섬유라는 것을 명은은 감별해 내었다.

명은은 다시 3층 여성복 매장으로 갔다. 100퍼센트 천연섬유로 된 것을 사냥해야 한다고 생각했다. 실크 100퍼센트가 좋지 않을까, 그건 사냥하기도 쉽다. 그냥 구겨 넣으면 된다. 실크 블라우스도 좋고, 원피스도 좋다. 뭐든 실크를 걸친 여자는 하늘거리면서도 풍족해 보인다. 나일론처럼 몸에 들러붙지도 않고 실크 본연의 정체감을 드러내며 사람의 살과 잘 섞인다. 그런 생각을 하며 코너를 돌고 있는데, 아이보리에 보라색이 섞인 실크 스커트가 눈에 들어왔다. 누가 저런 조합을 생각해냈을까. 실크 스커트에, 아이보리와 옅은 보라색이라니 관리가 어렵고 입을 때마다 조심해야 하는 옷이다. 무엇보다 저런 옷을 입는 여자는 옷이 많은 여자다. 옷이 적은 여자는 자주 입을 수 있는 옷을 구매한다. 옷이 많은 여자는 한 번씩 기분 내고 싶을 때 입을 옷을 선택한다. 저 옷은 옷이 많은 여자를 위해 만들어진 완벽한 옷이다. 명은은 그 스커트를 집었다. 그리고 그 옆에 있는 똑같은 스커트를 함께 들고 피팅룸으로 들어갔다. 스커트를 두 개 들고 가서, 하나는 그대로 갖다 놓고 하나는 가방 안에 넣으면 된다. 이것은 주의성이 부족한 점원들을 속일 수 있는 훌륭한 헌팅 방법이었다.

일반적으로 점원은 스커트를 두 개 가져갔다고 생각하지 않는다. 보통 사람들은 옷을 입어 볼 때 하나가 안 맞으면 치수가 다른 또 다른 하나를 요구하게 마련이다. 만약 점원이 왜 두 개를 들고 가냐고 물어도 상관없다. 혹시나 치수가 안 맞을까봐 라고 대답하고 나서 피팅룸에 들어갔다가 다시 둘 다 들고 나오면 되는 거다. 물론 그 물건은 사냥에서 제외된다.

피팅룸에서 명은은 라벨을 확인했다. 실크 100퍼센트. 오늘의 사냥은 나쁘지 않다. 스커트 하나를 가방에 대충 쑤셔 넣고 옷걸이도 집어넣었다. 매장 행어에 빈 옷걸이가 있으면 점원이 눈치챌 것이기 때문에 옷걸이 하나는 반드시 챙겨 넣어야 했다.

명은은 옷이 잘 안 맞는다는 듯한 표정을 지으며 피팅룸에서 나와 스커트를 다시 매장 행어에 걸었다. "수고하세요"라는 말도 잊지 않았다. 그리고 뒤돌아서 나가려는데, "손님!"하는 소리가 들렸다. 명은은 모르는 척, 되도록 천천히 걸었다. 다리가 묵직해지는 것 같았지만 이상하게 마음은 침착해졌다. 점원은 정확히 모른다, 단지 의심일 뿐이다, 그러니 잡아떼면 된다. 다시 "손님!"이라는 소리가 들리고 누군가 명은의 팔을 잡았다. 명은은 그제야 돌아섰다.

　　"네?"
　　"손님, 혹시 스커트 두 장 들고 피팅룸에 들어가지 않으셨어요?"
　　"아뇨."
　　"두 장 들고 가셨잖아요."
　　"무슨 말씀을?"

명은은 가당치도 않다, 라는 표정을 짓지 않았다. 그 표정이야말로 자신이 옷을 가져갔다는 것을 강력히 부인한다는 의미이고, 달리 말하면 훔쳤을지도 모른다는 뜻이기 때문이다.

　　"왜 바쁜 사람 잡고 그러세요? 불쾌하네요."

명은은 마치 지배인이라고 부르겠다는 듯이 자기 또래처럼 보이는 점원에게 겁을 주었다. 점원이 손님에게 무례하면 안 된다는 것을 주지시키듯이, 명은은 침착하게 점원을 대했다.

와츠의 그림이 대개 그러하듯이, 이 그림도 다소 낭만적이고 신비주의적인 면이 있다.
달리 말해 좀 감상적이고 과장이 있다는 말이다.
여자의 옷은 누더기지만 빛이 난다.
여자가 안은 악기의 현은 다 끊어졌지만 그래서 여자의 결핍을 더욱 풍성하게 드러낸다.
무엇보다 백미는, 제목이다. 이 작품의 제목인 '희망'은 그야말로 아이러니다.
아이러니만큼 교묘하게 사람의 마음을 아프게 하는 것이 있을까.
와츠는 이 효과를 노린 것이다.
하지만 우리는 그걸 다 알면서도 이 소녀의 눈이 가려진 것은 외면하지 못한다.

눈을 가린 사람의 희망은 어디에 있는 것일까.

바로 눈을 가린 그 자체에 있다.
희망을 가지기 위해 우리는 종종 눈을 가리고 자기 자신에게 집중할 필요가 있는 것이다.
명은도 마찬가지다. 지금 명은에게 절박한 것은 눈을 뜨고
세상의 화려함에 휘둘리는 것이 아니라 눈을 감고 고요히 자신에게 침잠하는 일이다.

조지 프레드릭 와츠, 〈희망〉, 1886

다행히 명은은 그날 가장 훌륭한 착장을 하고 백화점에 갔었다. 모직 90퍼센트에 캐시미어 10퍼센트가 섞인 브라운톤 펜슬 스커트에, 실크로 된 올리브색 블라우스를 입었다. 그리고 카키빛이 약간 도는 베이지색 펌프스를 신고 커다란 구찌 백을 들고 있었기에 백화점 유니폼을 어색하게 입은 그 점원과는 다른 세계의 사람처럼 보였을 것이다. 구찌 백은 당연히 헌팅한 것이 아니었다. 그건 명은이 기간제 월급을 모아 아울렛 매장에서 산 것이었다.

가방도 가방이었지만, 살구색 매니큐어를 세심하게 바른 하얀 명은의 손이 자기 팔을 여전히 잡고 있는 또 다른 팔을 떼어내었을 때 점원은 체념하는 듯한 표정을 지었다. 점원은 부풀어 오른 구찌 가방 속에 그 스커트가 들어 있으리라는 의심을 어쩌지 못하고 명은을 그냥 놓아줘 버렸다.

명은은 그때 그 점원이 놓쳐 버린 스커트 값을 배상해야 하리라는 생각을 떨쳐 버렸다. 그건 사냥꾼의 정신이 아니다. 사냥꾼은 돈을 생각해서는 안 된다. 단지 물건 자체의 속성만 생각하고 그것을 사냥하는 것이 자신의 일이라고 스스로 설득했다.

8

점원을 떼어내는 데 너무 많은 에너지를 써 버렸다. 가방 속에는 검은 원피스와 실크 스커트가 있다. 많은 양을 사냥하지는 못했지만 적당한 것을 얻었다. 2주 후에 있을 맞선 자리에 검은 원피스를 입을까, 실크 스커트를 입을까 하다가, 실크 스커트를 택했다. 수녀복 같은 블랙 원피스는 너무 힘을 준 옷이다. 남자들에게 "나는 남자를 헌팅하러 온 여자예요"라는 인상을 강하게 남길 것이다. 그건 달리 말하자면, "나는 '없는' 여자예요"라는 뜻이다. 없으면 없을수록 과해진다. 너무 단정한 블랙 원피스는 과한 옷이다. 실크 스커트는 다르다. 남자들은 하늘거리는 그것을 하늘거리는 여자의 마음처럼 여길 것이다. 그래서 안달할 것이다. 다음 주에는 이 실크 스커트에 맞는 블라우스를 사냥하게 되면 좋겠다고 생각했다.

돌아오는 길엔 지하철을 탔다. 백화점 지하 매장은 지하철로 연결돼 있다. 쇼핑이란 자연의 바람, 자연의 빛이 없는 곳에서 더 집요해지기 마련이다. 백화점에서 지하철로 바로 연결되는 것은 단순히 교통의 접근성이나 수월성의 문제가 아니었다. 그건 자연을 피하는 방법이었고 자연에서 멀어진 인간들이 기댈 물건을 찾게 만드는 자본주의의 묘안이었다.

지하철 열차 입구 쪽에 서서 명은은 자신의 얼굴을 계속 들여다보았다. 지하철은 검은 거울로 이루어져 있다는 생각이 들었다. 그 검은 거울 속에서 명은은 피로하고 지친 자기 얼굴을 보았다. 미래에 더 지쳐갈 자신의 얼굴도 검은 어둠 속에서 떠올랐다. 명은은 그 모든 것을 외면하지 않고 오히려 직시하는 것으로 자신의 마음을 더 강하게 굳힐 수 있다고 믿었다.

아직 슈즈는 한 번도 헌팅하지 못했다. 그건 사냥하기에 쉬운 품목이 아니다. 피팅룸도 따로 없고, 그냥 신고 나올 수도 없는 노릇이고, 엎드려 주워 올 수도 없는 것이기 때문이다. 게다가 여자는 슈즈에 발을 넣을 때 마음까지도 넣는다는데, 명은은 자기 마음을 넣은 슈즈를 사냥해 올 수는 없었다. 마음을 줘 버린 물건은 사냥할 수 없다. 마음을 줘 버린 동물을 죽여 사냥할 수 없는 것처럼.

명은은 사냥해 온 물건들을 다시 보고 싶었다. 그것들은 구겨져서 형편없이 되어 있을 것이다. 옷걸이에 걸려 있었을 때의 그 우아함은 전혀 없을 것이다. 합법적인 사냥이 아닌 이상, 이 정도는 감내해야 한다. 명은은 실크 스커트의 감촉을 한 번 더 느껴보고 싶었다. 그럼 좀 위로가 될 것 같았다.

그런데, 가방은 이미 열려 있었다. 실크 스커트에 손이 닿기 전에, 지갑이 사라졌다는 것을 알았다. 놀랍기보다는 우스웠다. 그리고 두려워졌다. 남은 것은 이미 죽어 버려 빛을 잃은 포획물뿐이다. 지갑은 온전히 명은 자신의 것이었다.
자신이 지키지 못한 것은 지갑만이 아니었다. 명은은 이미 자기 자신을 내던졌는지도 모른다. 차창엔 아무것도 가진 것이 없는 유령 같은 자신의 모습이 얼룩져 있었다. 명은이 할 수 있는 일은 그 얼굴을 외면하지 않고 끝까지 지켜내는 것뿐이었다.

거울 속에 비친 자신의 이미지는 늘 과잉이거나 결핍이다.
과잉이면 허영이 되고, 결핍이면 자기혐오가 된다.

그 어떤 경우이거나 잉여다.
그러니 거울을 본다는 것은 얼굴을 보는 것이 아니라
얼굴의 잉여를 본다는 의미다.

명은이 지하철 차창으로 본 피로한 자기의 모습이나
미래의 더 지친 얼굴은 그러므로 명은의 얼굴 그 자체가 아니다.
명은의 시선이 만들어낸 잉여의 이미지일 뿐이다.

동희 언니

우리는 마치 심리적 및 성적 삽입을 허용하듯이,
다른 사람에 의해 상처받는 것을 아파하고 경계가 무너지는 고통을
아파하는 능력에 항복해야 한다.

수잔 캐벌러 애들러, 〈애도〉

1

어느 집안이나 한 명의 바보는 있다. 그 바보 속으로 집안의 온갖 오명과 수치가 쏠려 들어간다. 바보는 구멍이다. 집안의 분쟁이, 원망이, 질투가 그 바보라는 구멍 속으로 빨려 들어가 사그라진다. 그 구멍은 컴컴하고 깊다. 집안에 그 어떤 일이 일어나도, 그 한 명의 바보로 인해 사건은 완화된다.

무엇보다 집안의 비밀이 그 구멍 속으로 들어가면 다시 나오지 않게 되는 우물 같다. 그래서 바보는 모든 걸 알고 있으면서도 절대적으로 모르는 체하고 있는 현자 같아 보이기도 한다. 그 때문에 사람들은 바보를 더 피하거나 혐오한다.

우리 집안에는 동희 언니가 있었다. 언니는 시집을 갔으나 정신 이상이라는 이유로 소박을 맞았다. 아이를 낳은 지 1년이 지난 후였다. 언니는 아이의 돌잔치도 보지 못하고 친정으로 다시 돌아왔다.

쫓겨나기 전에 아기를 안고 있는 언니를 본 적이 있다. 아기의 얼굴은 울긋불긋하고 피부가 여기저기 허옇게 벗겨져 있었다. 언니는 그 아기를 천사 같은 눈으로 보고 있었으나, 내 눈엔 그 피부가 천형처럼 보였다. 언니가 무슨 죄를 지었거니 싶었다. 잘못을 저지르지 않고서야 아기의 얼굴이 저렇게 될 리 없다는 생각을 했다. 온전히 내 생각은 아니었고 주위 어른들이 흘깃거리는 말을 이어붙인 결론이었다. 언니가 무슨 잘못을 했다는 것, 그래서 아기의 얼굴이 저렇다는 것, 또한 그래서 시댁에서도 쫓겨나게 되었다는 것. 결국 언니는 행실이 나쁜 데다 정신병까지 걸린 여자가 되어 이혼 당했다. 그 후로 언니는 아이를 한 번도 보지 못했다.

아이를 못 보는 사이 언니는 몸무게가 38킬로였다가 82킬로가 되기도 하고, 머리가 빨간 색이었다가 파란색이었다가 몽땅 잘려 나가기도 했다. 화를 내고 발광을 하고 자기 몸에 칼을 대기도 했다가 방 안에서 이불을 뒤집어쓰고 며칠씩 지내기도 했다. 정신병원에 갇히기도 하고, 거기서 탈출도 하고, 탈출했다 다시 들어가서 더 바보가 되어 나오기도 했다. 누구나 그렇듯이, 나 또한 집안의 문젯거리에 대해 함묵하고 무관심했다. 나는 그러면 안 되는 사람이기도 했고, 또한 그랬기 때문에 그럴 수밖에 없는 사람이기도 했다.

나는 초등학교 2학년 때 8개월 정도 고모댁에 살았었다. 아버지가 결핵으로 병원에 입원하는 바람에 엄마가 병간호를 해야 했기 때문이었다. 동희 언니와 나는 일곱 살 차이가 났다. 나도 외동이고, 언니도 외동이다 보니 우리는 처음엔 신이 났었다. 언니는 그때 열여섯 살이었지만 나와 정신연령이 딱 맞는다고 생각했다. 우리는 인형 놀이도 하고 고무줄뛰기도 했다. 그때도 나는 언니에게 무슨 문제가 있다고 생각했었다. 안 그렇다면 나와 놀아 줄 리가 없는 것이었다. 하지만 그 이유를 정확히 몰랐고, 또 알면 안 되는 거라고 어렴풋이 느끼고 있었다.

언니가 또래들에게 왕따였고 지나치게 비사교적이었다는 것, 불안 장애가 있었다는 것은 대학 때 알았다. 놀라진 않았다. 그 당시는 사실 그보다 훨씬 더 심각한 증상이 언니에게 있다고 상상하고 있었기 때문이다. 하지만 내가 언니의 증상에 대해 완전히 알게 된 이후로 나는 언니에게서 더 멀어졌다. 정확히는, 내가 언니의 증상을 알게 되었기 때문에 더 이상 언니에게 어떤 관심도 보이지 않더라도 언니에게나 친척들에게 나쁜 소리를 듣지 않아도 된다는 면죄부가 생긴 셈이었다. 나는 언니의 결혼식에도 가지 않았다.

여자 뒷모습을 그린 대부분의 그림에서 여자는 무언가를 견디고 있는 것처럼 보인다.
여자는 부엌에서 일을 하고 있다.
햇살이 들어오고 있지만 여자의 얼굴에는 빛이 비치지 않는다.
여자의 검은 상의는 상복처럼 보이기까지 한다.
그런데도 이 그림이 절망적이지만은 않은 것은, 문이 열려 있기 때문이다.
나갈 수 있는 문, 누군가 들어올 수 있는 문이 아직 그녀 옆에 있다.

어떤 기억은 사후에 조작되기도 한다.
열 살 남짓한 여자애가 당시 이십대였던 동희 언니의 뒷모습을 유심히 봤을 리 없다.
그런데도 나이가 들어서는 그 뒷모습을 떠올린다.
그건 만들어진 기억이다.
뒷모습이 기억에서 만들어진 이유는
동희 언니가 견디고 있었다는 것을 어느덧 깨달았기 때문이다.

만약 누군가를 기억할 때
그 사람의 앞모습이 아니라 뒷모습이 떠오른다면
우리는 그 사람이 견디는 삶을 살았다고 느끼기 때문이다.

안나 앵커, 〈부엌에 있는 소녀〉, 1883-1886

2

언니가 고모집에 다시 와 있는 동안, 나는 대학과 대학원을 다녔고 논문을 썼다. 대학 교수가 되고 싶었으나 연구원이 되었다. 어느 연구소냐고 물으면 말하기가 망설여지곤 했다. 그 연구소 이름이 너무 직설적이었기 때문이었다. 마늘연구소. 사람들에게 마늘연구소라고 대답하면 너나없이 다시 물었다, "그런 연구소가 있어요?" 혹은 "그럼 양파연구소나 감자연구소도 있어요?"라고. 있다. 양파연구소도 있고 감자연구소도 있다. 게다가 감자연구소는 국제적 기구다.

그런데, '있다'는 말을 하기가 '없다'라고 얼버무리는 것보다 더 어려웠다. 있다고 하면 사람들은 오히려 더 놀라고 우스워했다. 그래서 마늘연구소는 더 웃긴 직장이 돼 버리는 것이었다. 이름이 양서언이니 양박사였다. '서언'이란 이름은 웃긴 게 아닌데, 마늘연구소의 양박사가 되고 보니 그 어떤 경우에도 재미있는 호칭이 되고 말았다. 그렇다고 싫은 건 아니었다. 나름대로 좌중을 웃길 수 있는 것이 나쁘지 않았다. 유머감각이 떨어지는 사람이 자기소개에서 그렇게 웃기면 처음엔 어쨌든 주목을 받게 되기 때문이었다.

고모집에서 사는 8개월 동안 나는 언니의 사랑을 듬뿍 받았다. 한 번도 받아본 적이 없는 관심이었다. 언니는 내 머리를 묶어 주고 빗겨 주고 감겨 주었다. 언니는 머리 만지는 것을 좋아했다. 나는 언니에게 짐짓 귀찮다며 성질을 부리기도 하고, 머리 모양이 나쁘다고 트집을 잡기도 했다. 그럼 언니는 웃으며 다시 머리를 빗겨 줬다.

학교에서 만들기나 그리기 숙제가 있어도 언니에게 부탁했다.

　"너무 잘 그리면 안 돼."
　"알아."
　"딱 내 수준에서 약간만 더 잘 그리면 돼."
　"그래."

언니는 간혹 왼손도 쓰면서 스케치를 하고 색칠을 했다. 나는 엎드려서 텔레비전을 보곤 했다. 그럼 언니가 그림을 내보이며 물었다.

　"이 정도면 되지?"
　"응."

나는 약간 미안해져서 언니에게 묻기도 했다.

　"언니는 숙제 없어?"
　"있어."
　"안 해?"
　"안 해도 돼."

"왜?"

"선생님이 검사 안 하거든."

언니 말은 사실이었을 것이다. 언니는 학교에서 특별한 아이였다. 관심의 대상이 되지 않도록 특별히 관리되는 아이, 그냥 조용히 있다가 졸업장만 받아 가면 되는 아이. 그래서 언니는 학교에 가기 싫은 날은 가지 않았다. 법정 수업일수만 채우면 되는 거였다. 언니는 1년에 50일 정도는 학교에 가지 않았다. 그래도 졸업하는 데는 아무 지장이 없다고 했다. 고모도 대수롭지 않게 생각하는 것 같았다. 고모는 과부였다. 그러니까 고모집도 넉넉지 못했다. 고모는 작은 슈퍼를 하고 있었다.

언니가 여동생에게 신발을 신겨 주고 있다.

그 구도가 마치 공주와 시녀 같다.

동생은 언니의 다정한 손길을 그냥 받기만 하면 되는 것이다.

그런데 자세히 보면 동생은 반쯤 잠들어 있다.

언니는 동생의 잠을 깨우지 않으려고 조심스럽게 자기의 무릎 위에

동생의 발을 얹어 신발을 신긴 후, 아마도 동생을 업고 밖으로 나갈 것이다.

어린 동생이 있는 집에서는 언니가 엄마가 되기도 한다.

여자에게 본능적으로 있는 모성애라고 치부하기엔 언니의 역할이 너무 고되다.

그리고 엄마의 역할을 해야만 했던 어린 시절을 보낸 여자는 자라서도

늘 상대를 챙기고 배려만 하는 사람이 된다.

이른바 착한 여자 콤플렉스가 이렇게 해서 생긴다.

3

소풍날이었다. 내겐 소풍가방이 없었다. 집에서 못 챙겨 온 것이 아니었다. 그냥 가방은 책가방 하나였다. 고모는 화장품을 사면 딸려 오는 비닐 가방에 도시락과 과자, 음료수를 넣어 주었다. 비닐 가방은 제법 컸고 입구를 끈으로 묶게 돼 있었다. 나는 왜 소풍 가방이 없을까, 따위를 걱정할 겨를이 없었다. 나는 그 어느 때보다 많은 과자와 음료수를 챙겨 갔던 것이다. 언니는 고모의 슈퍼에서 이것저것 내가 좋아하는 것을 가져왔다. 고모도 눈치를 주지 않았다. 언니가 하는 모습을 그냥 흐뭇하게 바라보는 것 같았다. 나도 마음이 퍽 안심되었다. 그리고 무엇보다 묵직한 가방이 자랑스러웠다.

소풍지로 가는 길은 조금 가팔랐다. 가방의 무게 때문에 끈이 손바닥 깊게 자국을 냈다. 몇 번씩 손을 바꾸었다. 그래도 너무 무겁다고 생각하던 참이었는데, 그 끈이 비닐 가방을 찢고, 결국 안에 있던 과자와 음료수가 밑으로 쏟아졌다. 오르막길을 오르고 있었던 터라 병으로 된 음료수는 아래로 굴러 내려갔다. 나는 그 음료수를 따라 아이들 사이를 비집고 마구 달렸다. 다 찾았었는지, 내려가다 포기하고 말았었는지는 기억에 없다. 다만 가방이 찢어진 직후 곧바로 묵직하던 팔이 가벼워져서 마음이 덜컥 내려앉았던 느낌만 남아 있다. 뭐든 묵직하게 잡았던 것을 놓치면 마음이 서늘해진다는 것을 그때 깨달았다. 그것이 오랜 사랑이건, 지겨운 관계건.

소풍이 재미있었을 리 없었다. 언니를 원망했다. 왜 환타를 이렇게 많이 넣었을까. 소풍지에 도착하니 부피가 얼마 안 나간다며 많이 챙겨 넣었던 초콜릿은 다 녹아서 떡이 되어 있었다. 손에 묻고, 옷에 묻히고, 아홉 살 난 나는 눈물이 핑 돌았다. 그래도 초콜릿은 맛있었다. 안 녹았더라면 얼마나 더 맛있었을까, 하는 생각 때문에 더 억울했다.

친구들과 나눠 먹지 못해서 창피했다. 모양이 갖춰진 초콜릿을 친구들에게 자랑스럽게 나눠 주고 싶었는데 혼자서 찌그러진 초콜릿을 숨겨 가며 먹어야 했다.

어린애들은 자기와 비슷한 처지에 있는 또래를 잘도 알아본다. 본능적으로 느낀다. 저 애는 나와 같은 부류구나, 하면서 어떤 식으로든 말을 섞는다. 은정이와 혜숙이도 그랬다. 둘은 뭔가 나처럼 불만 있는 얼굴이었다. 차림도 초라했고 소풍을 즐거워하지 않았다. 싸온 음식과 과자는 이미 다 먹어 버린 것 같았다. 선생님들은 저 멀리서 자기들끼리 통닭을 뜯고 있었고, 잘사는 집 아이들은 또 자기들끼리 예쁘게 담긴 딸기를 포크로 찍어 먹고 있었다.

　“야, 우리, 그냥 집에 갈래?”

누가 먼저 말했는지는 기억에 없다. 어쨌든 우리는 집에 가도 되겠다는 결정을 내렸다. 무엇보다 옷이 너무 더러워졌고 배도 너무 부르고 해서 앉아 있기가 싫었다. 곧 있으면 화장실에 가고 싶어질 것 같기도 했다.

우리는 별 말 없이 산을 내려왔다. 최선을 다 해 걸었던 것 같다. 화가 나기도 했고 뿌듯하기도 했다. 정말 아무 걱정도, 아무 계획도 없었다. 당연히 산을 내려와야 할 것처럼 우리 셋은 무심하게 걸었고 그리고 약간은 명랑하게 인사를 하며 집으로 돌아갔다.

집에 오니 동희 언니가 있었다.

　　"언니, 학교 안 갔어?"
　　"응."
　　"넌 소풍 끝났어?"
　　"응."

언니가 그렇게 물으니 뭔가 일이 잘못되고 있다는 느낌이 들었다. 언니는 '소풍 잘 다녀왔어?'나 '재미있었어?'라는 말 대신, '소풍 끝났어?'라고 물은 것이다. 아마도 내가 너무 빨리 집에 와서 그렇게 물은 거겠지만, 어쩐지 언니는 문제를 감지하고 있고 그 해결책도 이미 가지고 있는 것처럼 보였다.

　　"근데 다른 아이들은 아직 거기 있어."
　　"선생님은?"

"선생님도 거기 있지."

"너 혼자 왔어?"

"아니."

"그럼?"

"은정이하고, 혜숙이하고."

"셋이서만 온 거야?"

"응."

"그럼 안 돼."

"왜?"

"선생님이 찾을 거야."

"그럼 어떻게 해?"

"다시 가야지."

언니가 그렇게 크게 말하는 건 처음 봤다. 착하기만 한 언니가 아니었다.

"같이 가자. 데려다 줄게. 어딘 줄 알아?"

"그것도 모를까봐?"

언니가 좀 무서워졌던지 큰소리가 나왔다. 어린 아이들은 무서우면 오히려 대들기도 하는 법이다. 언니는 내 손을 잡았다. 나는 언니에게서 손을 빼고 소풍 가방을 집어들었다. 그때 언니가 소풍 가방이 찢어진 것을 보았다.

"가방이 왜 이래?"

나는 갑자기 서러워졌다. 가방이 찢어지면서 환타가 데굴데굴 굴러가던 것이 생각났다. 그만 울음이 터져 버렸다.

"찢어졌구나. 언제 그랬어?"
"가다가 그랬어. 다 쏟아졌어. 미끄러졌어."

언니도 나를 보더니 금세 눈물이 그렁그렁 맺혔다. 내가 그걸 알아차리는 것 같자 언니는 고개를 떨구고 그 비닐 가방의 입구를 야무지게 끈으로 다시 묶었다.

"그래도 가방은 가져가야지. 안 가져가면 선생님이 의심할 거야."

가방은 언니가 들었다. 나는 언니 손을 잡았다. 우리는 방금 내려왔던 길을 다시 올라갔다. 봄볕이 뜨거웠다. 손에 땀이 났지만 언니는 내 손을 놓지 않았다. 땀이 질척이는 느낌이 싫었지만 이럴 땐 이럴 수밖에 없다는 생각이 들었다. 뭔가 잘못을 했고, 그 잘못을 바로잡기 위해서는 누군가의 손에 이끌려 가면서 약간은 불쾌해야만 마음이 놓인다는 것을 어렴풋이 느꼈던 것이다.

언니는 소풍지에서 내가 어떻게 해야 할지에 대해서는 가르쳐주지 않았다. 열여섯 살밖에 안 되었던 언니도 거기까지는 생각이 미치지 못했던 것이다. 나와 함께 내려왔던 은정이와 혜숙이를 분명 선생님이 찾을 것인데, 그때 내 처신에 대해서 우리는 미리 계획하지 못했다.

"아직 안 늦었다, 빨리 가 봐."
"언니는 길 알아?"
"그럼, 온 대로 가면 되지."

언니는 웃었지만 나는 걱정이 되었다. 언니는 집 밖에 나가는 일이 거의 없었다. 언니는 나보다 똑똑하지 않다고 그 당시 나는 생각하고 있었다. 하지만 어쩔 수 없었다. 언니에게 우릴 따라오라고 말해 볼까 싶었지만 선생님과 마주치면 곤란할 것이다. 선생님이 학생들 줄 세우는 소리가 들렸다. 번호를 부르는 소리, 이름을 외치는 소리가 나무 사이로 퍼지고 있었다.

나는 아주 가뿐하게 내 이름에 대답했다. 여러 번 대답해야 했다. 은정이와 혜숙이가 없었던 까닭이다. 두 명이 없으니 계속 인원 점검을 다시 했고 그때마다 인원수가 맞지 않아 당황한 선생님은 거듭 학생들 이름을 불렀다. 점검이 끝난 반은 소풍지를 나서는데 우리 반은 그 자리에 남아 있어야 했다.

그림 속 두 여자아이는 자매일 수도, 친구일 수도 있겠다.
둘은 길을 잃었다.
아이 하나는 아예 신발도 벗겨졌다.
그래도 어깨동무를 하고 있다.

그럼 괜찮은 거다.
걱정은 되지만 무섭지는 않다.

진정한 자매애는 이런 것이다.
둘은 각자의 고통에 공감하는 것이 아니라,
둘 다 같은 고통을 겪고 있기 때문에 늘 함께일 수 있다.

리차드 레드그레이브, 〈길을 잃다〉, 1852

4

"은정이하고 혜숙이는 아까 집에 가는 것 같던데요."

시간은 자꾸 가고, 일이 더 커질 것 같아 선생님에게 말하고 말았다.

"뭐? 봤니?"
"정확한 건 모르겠고, 저기 아래로 내려가는 것 같았어요."

나는 태연하게 말했다. 그렇게 해서 살짝 빠져나왔다. 정확한 건 모른다고 했으니 아이들을 잡지 않은 것에 대해 꾸중을 듣지 않을 것이다. 또 역시 정확한 걸 모른다고 했으니 여태 선생님한테 말하지 않은 것에 대해서도 야단을 듣지 않을 것이며, 지금까지 참다가 이제야 말했으니 고자질에 대한 혐의도 줄어들 것이다.

집에 오니 언니는 없었다. 나는 은근히 걱정 되었지만 그래도 열여섯이나 먹은 사람이 그 단순한 길을 찾지 못할 리가 없다는 생각을 애써 하고 있었다. 하지만 아홉 살 먹은 아이는 그 판단을 유지할 힘이 없다. 걱정 대신 분노와 원망이 생겼다. 어찌 나보다 늦게 올 수 있는가, 이건 뭔가 잘못된 게 아닌가, 하는 생각이 들었다. 고모가 오면 나를 야단칠 것 같았다. 나도 힘든 하루였는데, 환타를 주우러 갈 때 친구들이나 선생님한테 창피해할 틈도 없었는데, 하면서 나 자신을 동정하기 시작했다. 흙길을 굴러 흙을 뒤집어쓴 병을 닦아가며 환타를 병째 마시던 것도 생각났다. 그나마 자기연민으로 언니에 대한 미안함을 상쇄할 작정이었는지도 모른다.

언니는 어둑해졌을 때 집으로 왔다. 아무튼 나는 언니를 보고 울음을 터뜨렸다. 하지만 언니도 나를 보고 울어 버리는 바람에 나는 겸연쩍어져서 울음을 그쳐야 했다.

언니는 고모한테 내 가방이 찢어진 얘기를 했다. 가을 소풍 때는 가방을 사 주자고 고모한테 말했다. 고모는 선한 표정으로 그러자고 했다.

고모는 지금도 그런 선한 표정을 하고 계신다. 시골에서 언니와 둘이 살면서 텃밭에 농사를 짓는다. 언니가 온전치 못하니까 편히 죽지도 못한다고 친척들은 수군거린다. 고모는 골다공증이 와서 허리가 거의 90도로 굽어 있다. 그런데도 언니와 배추도 심고 마늘도 수확한다.

　"서언아, 너 마늘박사라면서. 이것 좀 봐라."

마늘박사 운운하며 마늘에 대해 묻는 사람들이 제일 부담스럽다. 나는 실은 마늘박사가 아니라 식품공학박사다. 그래서 마늘 농사에 대해서는 엄밀히 말해 잘 모른다. 마늘의 발효 공정을 통해 어떤 물질이 생성되는지, 몸에 좋은 유기화합물을 어떻게 합성할 수 있을지를 연구할 뿐이다.

"엄마, 서언이는 마늘박사 아니야. 음식박사야."

옆에서 언니가 설명한다. 언젠가 내가 친척들에게 했던 말을 언니 식으로 재해석한 것이다. 고모는 언니 말을 믿는다. 아마도 언니 말을 믿는 사람은 고모밖에 없을 것이다.

고모가 심각한 대상포진을 앓았을 때 병원에 데리고 간 사람도 언니였다. 고모가 골절이 됐음에도 불구하고 참고 있다가 마침내 염증과 괴사가 온 것을 알아차리고 고모와 응급실에 간 것도 언니였다.

간간히 엄마에게서 들은 이야기였다. 우리 가족은 동희 언니와 고모에 대한 이야기를 많이 하지 않았지만 간혹 가슴을 쓸어내리듯 둘에게 있었던 일을 언급하곤 했다. 늘 '다행이다'는 말로 끝맺었다. 그 말은 그들로 인해서 우리의 삶이 방해받지 않아서 다행이라는 뜻도 들어 있었다.

동희 언니는 고모가 없었으면 못 살았을 것이고,
고모도 동희 언니가 없었으면
지금처럼 버티지 못했을 것이다.

모녀가 슬픔을 함께한다는 것은
각자의 삶이 아니라
하나의 삶을 같이 산다는 의미다.

고모는 동희 언니의 삶을 살고 있었다.

월터 랭글리, 〈슬픔은 끝이 없고〉, 1894

5

내가 박사가 되고 연구원이 된 것도 우리 가족에게는 퍽 다행스러운 일이었다. 가난한 집안의 외동딸로 태어나 변변히 지원도 못 해 줬는데 그나마 제 밥벌이를 하고 남들에게는 박사님으로 불리는 딸을 부모님은 자랑스러워하셨다. 그래서 결혼하라는 말도 마음 놓고 하지 못하셨다. 결혼을 못 하는 것이, 집안이 별로 좋지 못해서인 것처럼 생각하셨다. 학교도 좋은 데 나왔고 인물도 좋고 직장도 좋은데, 집안이 못 따라줘서 시집을 못간다고 생각하셨던 거다. 아니라고 해도, 아니라고 할수록, 부모님은 더 미안해하셨다.

공부하느라 결혼 시기를 놓쳤다고 사람들에게 말은 했으나 나름대로 남자친구는 꾸준히 사귀고 있는 편이었다. 마음을 다 내놓고 깊게 사귀지는 못했다. 종종 사랑이란 게 지겨웠다. 상대가 너무 많이 배려하고, 너무 많이 애를 써 주고, 내가 원하기 전에 미리 워밍업 상태에 있으면 그 사랑이 부담스러웠다.

정우를 사귄 지는 5년 되었다. 결혼 이야기를 서로 나눈 적은 없지만 나중에도 딱히 사람이 없으면 정우와 결혼할 수도 있겠다 싶었다. 정우도 그렇게 생각하는 것 같았다. 하지만 우리는 속마음을 다 얘기하고 그 때문에 서로 오해하고 원망하는, 그런 어리고 어리숙한 연인이 아니었다. 5년이나 됐으니 서로 무엇을 어떻게 말하지 말아야 하는지를 잘 알았다. 오래 사귀면 무엇을 말해야 하는지보다 무엇을 말하지 말아야 하는지가 더 중요해지는 법이다.

정우는 방송국 기자다. 그가 마늘연구소에 취재차 왔다가 나를 만났다. 그는 대놓고 관심을 표명하는 사람은 아니었다. 송박사가 그와 나를 적극적으로 이어줬다. 송박사는 정우와 대학교 동문이었다. 그녀는 이미 결혼해서 아이가 둘이나 있었는데, 내가 종종 집안 대소사로 바쁜 자기 일을 대신해 주기도 했더니 고맙다고 자기 딴에 수고를 한 셈이었다. 정우가 마늘연구소를 취재하게 된 것도 송박사가 적극적으로 나서서였다.

정우에 대해 뭐가 가장 좋으냐고 물어 오면 망설여졌다. 그의 가장 좋은 점은 착하다는 거였는데, 착하다는 게 연인으로서 좋은 자질인지 확신이 서지 않았다. 착하다는 것은 바보스러운 것이기도 했다. 게다가 기자가 착하다는 것은 무능력하다는 뜻으로 해석될 여지도 있었다.

간혹 나는 정우가 나오는 꿈을 꾸기도 했다. 가령, 이런 꿈이었다.

내가 정우에게 화를 낸다. 너 때문에 뭔가가 잘못됐다고 원망을 하고 있다. 정우는 묵묵히 듣고 있다. 그러다가 화난 내가 먼저 그곳을 빠져나온다. 바깥에는 비가 내리고 있다. 나는 비를 막을 요량으로 문 바로 옆에 있는 널찍한 돗자리 같은 것을 머리 위에 쓰는데, 그 돗자리는 한쪽 면이 은박지 재질로 되어 있다. 정말 꿈이기 때문에 이런 일이 가능했을 것이다. 현실의 나라면 은박지로 된 돗자리 같은 것을 쓰지는 않는다. 어쨌든 그것을 머리에 쓰고 나오고 있는데 천둥과 번개가 치기 시작한다. 그러 거나 말거나 나는 비만 안 맞으면 된다는 생각에 여전히 그것을 쓰고 걷 고 있다. 그런데 갑자기 정우가 "안 돼!"라고 외치며 내게로 뛰어나온다. 갑자기 장면은 슬로우 모션으로 바뀐다. 정우는 절박하다. 마치 양복 광 고를 할 때 그 양복의 멋스러움과 활동성을 동시에 보여주기 위해 모델 이 멋지게 달리듯이. 정확히 그런 모습으로 정우가 내게로 뛰어와 머리 위에 썼던 은박지 돗자리를 탁 쳐서 떨어뜨린다. 그리고 그가 선택한 행 동은, 두 손바닥을 나의 머리 위에 펼쳐서 비를 막아주는 것이다……

이런 꿈은 그의 성향을 그대로 드러낸다. 한마디로 상징적인 꿈인 것이 다. 그는 남성적이다, 멋있다, 착하다, 그리고 나를 무척 좋아한다. 너무 직설적인 표현이다. 하지만 민망할수록 완전히 드러내는 것이 더 낫다. 에둘러 표현하려다 더 무안한 상황이 올 수도 있는 것이다.

　　"완전 나 맞네."

정우가 꿈 얘기를 듣고 말했다.

　　"그래, 바보 같지?"

나는 정우를 놀린다.

"그게 바보냐? 사랑하는 거지."

"그게 뭐냐? 태풍이 부는데 손바닥으로 몸이 가려지냐?"

"그래도 그 상황에 몸을 가장 넓게 가릴 수 있는 건 손바닥 두 개다. 다른 걸로는 가릴 수가 없잖아."

"꼭 지붕이 필요하냐? 몸을 안아서 감싸줘야지."

"아, 그런 방법이 있었네."

정우는 정말로 비로소 깨달았다는 듯이 웃는다. 그가 그렇게 정색하는 모습은 언제나 재밌다. 좀 이상하지만, 그땐 그가 정말로 내 사람인 것처럼 여겨진다.

"어쨌든 꿈 때문에 나를 탓하면 정말 억울하다. 나는 똑똑한 남자다."

"뭐가 똑똑하냐? 손바닥으로 몸 가리려는 사람이."

"꿈이었잖아."

"그래도 딱 너잖아."

이런 남자를 두고 뭘 고민하느냐고 묻는다면 나도 마땅히 내놓을 답이 없다. 굳이 말하자면 결혼에 대한 두려움 때문이다. 결혼을 하면 정우는 정우가 아니라 남편이 될 것이다. 결혼이란 게 일종의 역할극이기 때문이다. 자신만의 캐릭터가 있었던 한 남자, 한 여자가 결혼을 하면 모두 일률적인 남편과 아내가 될 수밖에 없는 것이 현실이다. 나는 그런 역할 중심의 삶이 두려웠다.

남녀가 손을 꼭 잡고 있다.
여자는 잠시 딴 곳을 바라본다.
발을 헛디딜 수도 있다.
여자가 다른 곳을 바라보는 것은 남자를 사랑하지 않아서가 아니다.
남자를 사랑하고 믿기 때문에 잠시 눈을 돌릴 수 있는 것이다.

사랑이 지속되는 이유는,
사랑 자체가 지속되기 때문이 아니라
상대가 늘 자신을 지켜주리라는 믿음 때문이다.

- 찰스 호손, 〈젊은 남자와 여자〉, 1915

6

그날 밤 정우가 나를 안았다. 편안하지만 매번 다른 느낌이다. 남자와 여자가 결혼해서 오래오래 살 수 있는 이유는 매번 이렇게 안을 때마다 다른 느낌이 들기 때문일지도 모르겠다는 생각이 들었다. 정우에게 안길 때는 항상 이번이 가장 좋다고 느꼈다.

남녀가 안을 때 아슬아슬한 순간, 정우는 그 순간을 잘 참았다. 어느 오락 프로그램에서 "퉁명스럽지만 (사정을) 잘 참는 남자와, 자상하지만 잘 못 참는 남자 중 어떤 남자를 선택할 것인가"라는 질문에 대부분의 여자가 전자를 택하던데, 말하긴 민망하지만, 정우는 사정도 잘 참고 다정한 남자였다.

하지만 그날은 좀 절박해 보였다. 그런 순간도 참 드라마틱했다. 남자가 사정을 참는 것이 겨우 근육이나 혈관의 문제라 하더라도 그 순간은 절체절명의 결정을 앞둔 남자의 고뇌를 직면하고 있는 듯했다. 긴박하고 간절하게 느껴졌다. 살아가면서 이토록 단순하면서도 통절한 상황이 있겠는가도 싶었다.

위태로웠던 고비가 몇 번 지나가고 내가 물었다. "괜찮겠어?" 딱 배란기였다. 정우가 그 와중에도 미소를 지으면서 말했다. "참을 수 있어." 정우의 표정은 항상 믿음직스러웠다. 정우가 나를 안은 지 3년이 다 돼 가지만 정우는 한 번도 실수를 한 적이 없었다.

내가 "참 좋다"고 마음을 놓았는데, 갑자기 정우가 "윽!" 했다. 몸을 나한 테서 빼면서 정우와 내 얼굴이 정면으로 마주쳤다. 정우의 표정이 마치 잘못을 저지르고 엄마에게 야단 맞을까봐 울상을 짓고 있는 어린 아이 같았다. 정말 울기라도 할 것 같았다. "어쩌지?" 정우가 빌기라도 할 듯한 얼굴로 물었다. 정말 어쩌지? 나도 순간 당황했지만 정우의 표정 때문에 그만 웃음이 터지고 말았다. 웃음을 참느라 짐짓 화를 냈다. "어떻게 할 거야?" 정우는 내 말에 놀랐는지 침대에서 내려와 바닥에 섰다. 윗도리는 입고 아랫도리는 벗은 채 서 있는 정우의 모습이 참 가관이었다.

　"괜찮아, 사후피임약 있다잖아."

이불로 몸을 감싸고 침대에 앉아 나름대로 정우를 위로했다.

　"그래도 괜찮을까?"

정우가 미소인지 찡그리는 건지 모를 표정을 지었다.

　"괜찮겠지."

'괜찮겠지'라고 했지만 나는 정우에게 화도 나고 정우를 놀리고 싶은 마

사랑의 행위는 신이 인간에게 준 축복이다.
오르가슴은 최고의 힐링이다.

그럴 수밖에 없는 것이, 오르가슴은 말초신경만의 작용이 아니라
대뇌 변연계의 폭발적인 활성화이기 때문이다.
그러니까 속궁합은 뇌궁합이다.

속궁합이 좋다는 것은 속궁합이 좋다는 의미만 갖는 것이 아니다.
오르가슴의 진앙이랄 수 있는 대뇌 변연계는 인간의 감성을 담당하는 부분이다.
그러니까 속궁합이 맞으면 감성적인 측면까지 서로 통할 가능성이 높다.
반대로 감성이 통하면 속궁합도 맞을 확률이 높다.
무엇보다 여자는 감성 변연계가 교감되지 않는 남자에게서는
오르가슴을 느끼지 못한다.

– 툴루즈 로트렉, 〈키스〉, 1892~1893

음도 들고 해서 성우를 다시 핀잔했다.

　"몰라. 임신하면 나도 몰라."
　"괜찮을 거야. 요즘 약이 잘 나오잖아."

나는 안심하는 듯한 정우가 못마땅해서 다시 화가 났다.

　"부작용은 어떡할 거야?"
　"부작용이 있어?"
　"부작용 없는 약이 어딨어? 게다가 사후피임약이야. 그건 예방하고
　다른 거라구."
　"내일 같이 병원에 가자."
　"싫어. 혼자 갈래."

다시 정우가 불안해했다. 나는 마음이 좀 놓였다.

7

그 다음 날 나는 병원에 가지 않았다. 피임약이라고는 하지만 그건 사후 처치였다. 인공유산과는 분명 다른 거지만, 그래도 이미 몸으로 들어간 그것을 막고 싶지는 않았다. 뭐든 받아들여야 될 때가 있다. 언니의 손에서 불쾌감과 이물감을 느꼈지만 그걸 받아들이고 언니와 함께 소풍지에 같이 갔을 때 오히려 마음이 편안해졌던 것처럼, 병원에 가지 않고 내 안에 들어온 것을 받아들이자고 결심했을 때 마음이 한결 편안했다. 아이는, 낳을 것이다.

나는 정우가 "정말?"하면서 반색할 줄 알았다. 그런데 정우는 무표정이었다. '어떡할 거야? 결혼할 거야, 말 거야?'라며 채근할 수도 없었다. 뭔가 애써 부여잡고 있던 것이 있는데 그것이 갑자기 사라져서 무게를 잃은 기분이었다. 홀가분했다. 그냥 정우의 처분을 기다리는 심정이 되었다. 정우가 결혼하고 싶지 않다고 하면 하지 않을 것이다. 결혼을 할지 말지 그 자체가 중요하게 여겨지지 않았다. 아이가 생겼다는 것이 힘을 주는 것인지도 몰랐다.

　　"아직 확인은 안 해봤지?"
　　"한 달은 지나야 알 수 있겠지."
　　"그럼 좀 기다려보자."
　　"뭐?"

"아직 모르잖아."

"그거 무슨 뜻이야?"

"넘겨짚진 말구."

"됐어."

"네가 했던 말 생각 안 나? 결혼이 두렵다며."

"이제 아니라잖아."

"생각은 금방 바뀌는 게 아니야. 그건 좀 더 계기가 필요해."

"이보다 더 큰 계기가 어딨어?"

"감정을 말하는 게 아니야, 생각이 바뀌는 계기 말이야."

"결혼 공부라도 해?"

"그래, 그거 좋겠다. 우리 같이 공부할까?"

정우는 정말로 반기는 기색이었다.

임신이었다. 엄마에게 임신을 했다고 말하니 처음엔 아무 말씀도 안 하셨다. "아버지한테는 나중에 말씀드리자"라고만 하셨다. "먹고 싶은 거 없니?"라고도 하셨다. 차마 결혼할 거냐고 묻지 않으셨다. 내가 결혼 안 한다고 했을 때 어떻게 해야 할지 대책이 아직 안 서서 못 물으셨을 것이다. 정우와 결혼에 대한 공부를 한다고는 했지만 대부분 결혼에 관한 책들은, 현실적인 경우엔 결혼에 대해 냉소적이었고, 비현실적인 경우에만 결혼을 옹호하는 입장이었다.

"엄마, 결혼 꼭 해야겠지?"

"왜 정우가 안 한대?"

"정우가 안 한다고 하면, 안 해도 돼?"

"넌 그걸 말이라고 하니? 배 속 애가 듣는다."

엄마의 얼굴에 미소가 번졌다. 완벽한 할머니 미소였다. 나도 은근히 자부심 같은 게 생겼다.

아이를 가진 여자의 표정은 복잡하다.

기쁜 듯, 나른하거나 슬퍼 보이기도 한다.
매우 자족적인 듯 하지만 동시에 불안해 보이기도 한다.

그래서 아름답다.

롤랑 바르트는 이 세상의 이미지를 두 가지로 나누었다.
하나는 분명한 의미를 가진 단순한 스투디움(studium).
다른 하나는 복잡하고 당혹스럽고 단 하나의 의미로 읽히지 않는 푼크툼(punctum).
아이를 가진 여자의 이미지는 단연 푼크툼이다.

서언이 아기를 낳고자 한 것은 완벽한 자기 편을 갖고 싶어서였는지도 모른다.
그건 동희 언니도 마찬가지였을 거다.
결혼을 원하지 않는 여자들마저 아이를 갖고 싶어 하는 건
이 세상에서 더 이상 외롭지 않고 완전한 자기 편을 만들고 싶어서다.

- 로비스 코린트, 〈도나 그라비다〉, 1909

8

"고모가 한번 오래."

"왜?"

"배추 농사가 잘 됐다네."

"준다고?"

"그러게."

엄마는 한숨을 쉬었다. 한숨에는 미안함과 고마움, 안쓰러움이 서려 있다.

"나도 갈까?"

"괜찮겠어?"

엄마는 다시 내 배를 쳐다보신다.

"괜찮지, 그럼. 입덧 시작하기 전에 움직이는 것도 좋겠지?"

"정우는?"

"정우가 사위인가 뭐? 내가 운전해 가야지."

엄마한테는 그렇게 말했지만 나는 그 순간 정우가 운전하는 모습을 떠올리고 있었다.

"차암 예쁘다."

동희 언니는 마치 사춘기 소녀들끼리 서로를 칭찬하듯이 그렇게 말했다. 그런 칭찬은 처음이었다. 예전, 언니가 언니 아기를 볼 때의 눈빛이 떠올랐다. 약간 민망한 느낌이 들었지만 누군가로부터 그런 어리석을 만큼 순수한 진심을 받는다는 것은 슬프고도 고마운 일일 것이다.

동희 언니와 고모는 그만 됐다는데도 계속해서 트렁크에 배추를 실었다. 나는 밭에 들어가지 못하게 했다. 정우와 엄마는 밭에 들어갔지만 언니와 고모의 속도에 비길 바가 못 되었다. 트렁크가 꽉 차자 마침내 일이 끝났다. 나는 조수석에 앉았고 엄마가 이어 차에 올랐다. 그런데 동희 언니는 주머니에서 뭔가를 꺼내 펼치고 있었다. 검은 비닐봉지였다. 언니는 웃으며 조금만 기다려 달라고 했다. 언니와 고모는 신발을 벗어 검은 비닐봉지에 넣고는 맨발로 차에 올랐다. 신발에 흙이 많이 묻었다면서. 아무리 괜찮다고 해도 두 사람도 정말 괜찮다며 해맑게 웃었다.

아들을 낳았다. 말갛고 매끈한 아기였다. 하지만 며칠이 지나자 아이의 피부가 벌겋게 달아오르고 벗겨지기 시작했다. 오래 전, 동희 언니 아기의 피부 같았다. 그런데 그건 겨우 아토피에 불과했다. 요즘 아이들이 다들 앓는다고 하는 아토피를, 20여 년 전 나는 천형으로 여겼던 것이고, 언니를 깨끗하지 못한 사람으로 몰아세우고 부끄러워했던 것이다. 정우는 아기 얼굴을 보고 간혹 미안해하는 듯한 표정을 짓곤 했지만 금세 얼굴이 다시 환해지곤 했다. 그리고 그날 밤처럼 "괜찮을 거야. 요즘 약이 잘 나오잖아"라고 말하곤 했다.

동희 언니도 아기를 보러 왔다.

"아토피는 잘 낫지 않는데……. 너 신경 많이 쓰이겠다."

언니는 내가 아닌 다른 사람에게 말하고 있는 것 같았다. 언니의 말이 방향을 잃고 있었다. 아니, 어쩌면 방향을 잃고 있는 것은 나 자신인지도 몰랐다. 언니도 언니 아기가 아토피인 걸 알고 있었어? 사람들이 수군거리는 것은 몰랐던 거야? 묻고 싶었다. 하지만 언니의 그 표정이 너무 무심해서 차마 그러지 못했다. 언니에게 미안하다고 말하고 싶었다. 하지만 용서할 게 없다고 여기는 듯한 언니에게 미안하다고 할 수는 없었다.

"요 녀석, 엄마 안 닮고 아빠 닮았네."
"그래?"
"너 닮아야 되는데."
"왜?"
"넌 예쁘고 착하고 똑똑하잖아."
"내가 착해?"
"착하지!"

언니는 마치 누군가 나를 착하지 않다고 말하는 것에 항의라도 할 듯한 기세로 말했다.

우리는 그날 20여 년 전 언니 아기에 대한 이야기는 하지 않았다. 엄마 말에 의하면, 언니는 나중에 호주에 갈 거라는 말을 종종 한다고 했다. 이유는 분명히 말하지 않았지만 호주에 언니 아이가 살고 있기 때문일 거라고 우리는 추측했다. 우리는 언니가 혼자 호주에 갈 수는 없을 거라고 말하며 또 한 번 불쌍하다는 말을 흘렸다. 나는 언니가 호주에 갈 때쯤 내 아이와 함께 그곳으로 여행을 떠나도 좋겠다는 생각이 들었다.

언니가 아들을 만나지 못하더라도 내가 언니 옆에 있을 것이다. 아무렇지도 않은 듯 언니에게 웃으며 철없는 표정을 지어 보일 것이다. 언니를 위로하려 하지 않고, 언니가 나를 챙겨줄 수 있게 할 것이다. 그 옛날 그랬던 것처럼, 나는 여전히 언니의 동생으로 남을 것이다.

아기는 전 존재를 엄마에게 맡긴다.
엄마는 아기를 안고 있는 것만으로도 세상을 살아갈 힘을 얻는다.
그러니까 실은 엄마가 아기에게 자신의 전 존재를 맡기는 것이다.

프로이트는 아이가 사랑을 하는 능력을 배우게 되면
엄마로서의 과제는 모두 완성한 거라고 했다.
그런데 엄마가 아이에게 사랑을 가르치기 전에
엄마 자신이 아이로부터 사랑하는 능력을 얻게 된다.

여자는 엄마가 됨으로써
자기 자신이 아닌 타자를 자신보다 더 사랑하게 되는
신비한 능력을 갖게 되는 것이다.

– 메리 커샛, 〈엄마와 아이〉, 1884

지금은 별거 중

그대들의 혼인, 그것이 나쁜 뒤엉킴이 되지 않도록 마음에 새기고 살피라!
그대들은 너무 빨리 엉긴다. 그리하여 혼인의 빠개짐이 뒤따라온다!
뒤틀린 혼인, 속이는 혼인보다는 차라리 혼인의 박살남이 낫다!
어느 여자가 나에게 이렇게 말했다.
"물론 나는 혼인을 결딴냈어요. 하지만 혼인이 먼저 작살냈어요. 나를!"

니체, 《차라투스트라는 이렇게 말했다》

1

도서관은 참 이상한 곳이다. 언제나 딴짓을 하게 한다. 공부를 하지만, 공부를 하면서 지나가는 이성을 훔쳐보게 한다. 책을 읽지만, 책에 무슨 내용이 들었는지도 모른 채 다시 서가에 꽂으면서 커피를 마시고 싶게 만든다. 도서관에서 자는 잠만큼이나 달콤한 게 있을까. 도서관 쪽잠이야말로 그 어떤 잠에도 비할 수 없는 만족과 아쉬움이 섞인 오묘한 후유증을 남긴다.

도서관 사서만큼 책을 안 읽는 사람이 있을까. 이건 일종의 직업의식이다. 사서는 흔히들 독서량이 굉장히 많을 거라 생각하지만 그렇지 않다. 슈퍼마켓 주인이 과자와 초콜릿을 많이 먹지 않는 것과도 같은 이치다. 슈퍼마켓 주인은 과자와 초콜릿을 먹지 않고 진열한다. 사서도 마찬가지다. 책을 읽지 않고 진열한다.

사서가 책을 많이 읽으면 누가 책을 정리하겠는가. 책을 정리하기 위해서라도 사서는 책을 읽지 않아야 한다. 책을 읽으면 더 헷갈린다. 인문학

서로 나온 책인데 자세히 읽으면 그저 그런 자기 계발서인 경우가 많고, 건축책이라고 분류되어 있는데 읽어 보면 그냥 인테리어 잡지 같은 경우도 있다. 읽으면 분류체계가 망가진다. 그냥 주어진 대로 분류하고 정리해야 한다. 그러니 책을 안 읽을 수밖에.

진숙 씨가 이런 쓸데없는 생각을 하는 이유는 시간이 너무 많기 때문인지도 모른다. 시립도서관 사서는 시간이 너무 많이 남는다. 남는 시간 때문인지, 권태 때문인지, 진숙 씨는 우울했다. 우울증은 끔찍했다. 떼어냈는가 싶으면 또 어느새 등 뒤에 올라붙은 귀신 같았다. 책을 정리하기 위해 서가를 돌고 있으면 어느새 우울증이 등에 올라타 있었다. 어깨가 묵직해지면서도 서늘해지곤 했다.

어느덧 마흔을 바라보고 있으니 더 그런지도 몰랐다. 나이가 드니 가을에도 서늘한 기운이 느껴져 진숙 씨는 아들의 내의를 꺼내 입었다. 아이는 5학년이 되면서 진숙씨보다 몸집이 더 커졌다. 아들 내의는 아동용이라 길이가 짧고 진동 둘레와 품은 커서 진숙 씨가 입으면 이상한 태가 났지만 아이가 입던 거라 그런지 더 따뜻하게 느껴졌다. 면이 닳은 것일수록 더 편했다. 아이가 입던 내의에서 나는 새물내를 맡으면 진숙 씨는 아이가 아기였을 때 등에 업고 다니던 생각이 나서 온몸이 따스해지기도 했다. 그때 진숙 씨는 이런 생각에 미치기도 했다. 자신이 위로를 받을 수 있는 유일한 것은 바로 이 아이의 낡은 내의뿐이라고.
진숙 씨는 자기 연민에 빠져 있었던 것이다. 진숙 씨는 남편과 별거중이었다. 7년째였다. 진숙 씨도 이혼을 생각하지 않은 것은 아니었다. 하지만 그것도 몇 년 지나니까 힘이 빠져서 다시 시도할 수가 없었다. 애 아빠는 무슨 생각에서인지 이혼을 해 주겠다고 해 놓고선 마지막에 판사 앞에 나타나지 않았었다. 이혼 대신에 언제부턴가 양육비라고 부쳐주기 시작했다. 진숙 씨에겐 그게 마치 쥐꼬리만 한 월급 같았다. 위약금 같기도 했다. 이혼 약속을 이행하지 않은 것에 대한 월납 위약금.

진숙 씨는 종종 멍하니 앉아 있었다.
옷을 갈아입다가도, 머리를 빗다가도, 화장을 하다가도
갑자기 털썩 주저앉았다.
무슨 생각을 하는 건 아니었다.
그저 외로움에 대한 임시 처방이었다.

외로움은 타인과의 관계에서 발생하는 문제가 아니라
'내면의 나'와 '현실의 나' 사이의 소통이 끊어지면서 생긴다.

자기 마음속의 대화를 지속시킬 수 있다면
결코 외로워지지 않는다.

2

저쪽 서가에서 두 남녀가 또 눈이 맞았다. 영화 같은 일이 가장 많이 벌어지는 곳도 도서관이다. 도서관 서가에서 책이 덜 꽂힌 부분이 만드는 틈은 남녀로 하여금 관음증을 유발시킨다. 그 작은 구멍으로 남녀는 서로의 환상을 만든다. 마치 이 세상에 이 작은 구멍밖에 없는 듯 둘은 서로를 갈구한다. 거대하고 무거운 서가가 가로놓여 있으니 연애에 필수적인 장애도 충족된다. 5초면 된다. 5초 안에 장애와 관음, 환상이 동시에 발생하는 것이다.

이렇게 남들은 잘도 연인을 만들곤 하던데 진숙 씨는 그 쪽으론 재주도 없고, 재수도 없었다. 도서관의 모든 생리를 다 아는지라 그 5초의 틈 이론을 이용만 하면 되련만, 진숙 씨에게 이렇듯 지나치게 정확한 정보는 무의미했다. 진숙 씨에게 사랑은 모름지기 우연적이고 돌발적이어야 했기 때문이다. 게다가 진숙 씨 또래의 남자들은 도서관에서 찾아보기 힘들었다. 삼사십대 남자가 뭣하러 도서관에 오겠는가. 삼사십대는 공부를 하기에는 좀 늦은 나이이고, 책을 읽기에는 너무 에너지가 넘치는 나이이다.

사랑을 받는 것도 능력이다. 진숙 씨 친구 미선 씨가 그랬다. 미선 씨는 진숙 씨가 보기엔 정말 분위기도 없고 교양도 없는데 사랑받는 능력만은 출중했다. 아무 노력을 하지 않고도 사랑을 받는 것 같았다. 미선 씨는 자기 외모가 별로라는 사실을 알고 있었다. 그리고 외모가 별로라도 바로 그 점 때문에 사랑을 받을 수 있다고 말하곤 했다.

미선 씨는 수시로 거울을 통해 자기 얼굴을 다른 사람 얼굴과 비교할 수밖에 없는 헤어 스타일리스트였다.

"아름답다는 건 끔찍한 거야. 여자 외모가 너무 좋으면 남자들은 내면을 보려고 하지 않지. 하지만 외모가 별로라면 남자들은 여자 내면을 보려고 한단 말이야."

미선 씨가 말하는 여자의 내면이 뭔지 진숙 씨는 이해할 수 없었다. 진숙 씨가 보기엔 미선 씨의 내면도 그다지 훌륭한 편은 아니었기 때문이다.

미선 씨도 별거중이었다. 불운을 겪고 있는 사람은 자기와 비슷한 사람을 바로 알아보게 돼 있다. 둘은 도서관 화장실에서 서로를 알아봤다. 미선 씨는 진숙 씨가 근무하는 도서관에 아이와 함께 책을 빌리러 왔었다. 그 어느 장소에서도 수다를 떨지 않는 진숙 씨였건만 그날 화장실에 온 미선 씨는 뭔가 비밀이 있어 보였고 둘은 비밀이 있는 자만이 가질 수 있는 어떤 우월감으로 수다를 떨기 시작했다. 둘은 서로가 거의 동시에 문제가 있다는 것을 느꼈고, 바로 그 문제 때문에 중학교 때의 우정을 되찾게 되었다. 문제를 공유하지 않고 어렸을 때 우정을 되찾을 수는 없는 법이다. 이 세상에 별거족만큼 소외받는 집단이 있을까. 이혼가정, 동거남녀, 비혼모, 싱글맘, 싱글대디 등은 어쨌거나 이 시끄러운 말의 세계 속에 들어와 있다. 잊힐 만하면 누군가 나타나 소수자 운운하며 그들에 관해 말하곤 한다. 그런데 별거족에 대해서는 어느 누구도 말하지 않는다. 이혼하지 않고 별거한다는 것 자체가 다른 사람에게 드러내고 싶지 않음을 방증하는 것이고, 이와 연장선상에서 별거족을 운운하지 않는 건지도 모른다. 그러니 진정 소외되는 소수자는 별거족인 것이다. 진숙 씨는 그 소외가 편하기도 하고 갑갑하기도 했다.

애 아빠는 이혼보다, 이혼한 사실이 알려지는 것이 두려워서 그냥 별거 상태로 남기를 원했다. 그렇게 자기 관리를 철저히 하는 사람도 없을 거다. 자기 관리 정도로만 친다면 그는 대통령 선거에 나가도 될 것이다. 진숙 씨가 보기에 애 아빠는 털어서 먼지 한 톨 안 나올 사람이었다. 먼지를 안 만들어서가 아니라, 먼지가 나올 때마다 자기가 적극적으로 미리미리 털어내기 때문이었다.

툴루즈 로트렉만큼 여자의 뒷모습을 제대로 알고 있었던 이가 있을까.
로트렉은 152센티미터의 난쟁이었다. 게다가 다리를 절었다. 발음도 정확하지 않았다.
그가 함께 했던 이들은 대부분 유곽의 여자들이었다.
그렇다 하더라도, 그녀들은 그저 평범했다.

평범한 표정을 짓고, 평범하게 슬프고 평범하게 피로한 사람들이었다.
그림 속 여자도 사창의 작부였다.
이름은 '로사 라 루즈'. 툴루즈는 그녀를 모델로 여러 편의 그림을 남겼다.

툴루즈는 여자를 정확히 보았기 때문에 '로사'도 그냥 '로사'로 볼 수 있었을 것이다.
그래서 우리는 그림 속 '로사'에게서 창부가 아니라
어떤 외로운 여자, 혹은 진숙 씨의 모습을 볼 수 있는 것이다.

- 툴루즈 로트렉, 〈세탁부〉, 1884

3

진숙 씨는 오늘 예외적으로 읽을 책 하나를 발견했다.《인생 5개년 계획》
이란 책이었다. '경제개발 5개년 계획'을 패러디한 제목일 텐데, 인생을
경제처럼 계획하고 실천하고 평가할 수 있을까. 그럴 수 있다고 이 책은
400페이지에 걸쳐 설득하고 있었다. 오늘 한번 설득돼 보리라, 나도 이제
부터는 개발도상국이라는 일념으로 도전해 보리라, 진숙 씨는 좀 과장되
게 결의했다. 그런데 5년은 너무 길다, 3년으로 줄이자, 5년 후면 마흔넷
이나 된다, 3년 후면 마흔둘, 좀 낫다……. 진숙 씨는 제목이 너무 직선적
이라 좀 가벼워 보이는 그 책을 가방에 넣고 책 반납대에 앉아서 새삼 자
기 나이를 계산하고 있었다.

"정말로 책을 안 읽으시네요."

누군가 진숙 씨에게 말을 건넸다.

"네?"
"일요일마다 이 도서관에 왔는데 책 읽는 모습을 한 번도 못 봤어
요."
"네?"

진숙 씨는 계속 '네?, 네?' 했다. 잘못 들은 것 같았다. 환청 같기도 했다. 진

숙 씨에게 정말로 책을 안 읽는다고 이토록 친절하게 말한 이는 없었다.

그는 도서관에서는 희귀한 삼십대 중반쯤 보였다. 기혼인지, 미혼인지, 살필 새도 없었다. 남자가 먼저 진숙 씨에게 호의를 표시하는 것이 분명했기 때문이다. 호감이 있는 여성이 순식간에 돼 버렸는데 무엇을 더 생각할 수 있단 말인가.

그 남자는 책 반납대에 와서 책 대신 자판기 커피를 내밀었다. 자신이 책을 안 읽는다는 걸 발견해 준 이 남자, 매주 토요일마다 자신을 봐 온 남자, 그것도 삼십대 중반의, 도서관을 찾는 남자라면 더 말할 것도 없다, 분명 괜찮은 남자라고 진숙 씨는 재빨리 결론지었다.

진숙 씨가 아무리 책은 안 읽었다지만 웬만한 고전의 앞 부분들은 다 읽었다. 《안나 카레니나》도 그중 하나였다. 가장 놀라웠던 부분이 브론스키가 안나를 발견한 장면이었다. 브론스키는 안나 자신도 모르는, 안나의 억눌린 열정을 발견해 주었던 것이다. 그런데 이 남자는 브론스키처럼, 진숙 씨가 책을 안 읽는다는 결정적인 사실을 발견한 것이었다.

진숙 씨가 커피를 받아들고 어정쩡하게 앉아 있는데 남자는 창밖을 바라보며 말했다.

　“도서관 벤치도 커피 마시기 좋죠?”

사실, 이 도서관 벤치는 커피 마시기 좋지 않았다. 벤치가 놓여 있는 정원이 좁은 데다 바로 큰길에 인접해 있어 차 소리도 요란했다. 매연이 떠다니는 것은 물론이었다. 어떨 때는 맵싸한 매연 냄새가 코 안으로 직행했다. 그런데 이 남자는 솔직한 남자였다. 남자는 "생각보다 별로네요. 시끄럽고 공기도 안 좋고"라며 겸연쩍은 듯 웃었다. 진숙 씨는 그것까지 마음에 들었다.

"그런데 무슨 책 읽고 계셨어요?"

진숙 씨는 남자가 들고 있는 책 뒤표지를 보면서 물었다.

"아, 좀 쑥스러운데……. 《여성의 몸》이라는 책이에요. 의학자, 심리학자, 철학자, 페미니스트, 뭐 그렇게 여러 사람들이 자신의 관점으로 여성에 대해 쓴 책이죠. 이제 결혼할 나이도 되고 해서……. 여자를 잘 알아야 여자에게 잘 해 줄 수 있잖아요."

머릿속으로 여러 가지 생각이 복잡하게 엉켰다. 이 남자는 지금 나한테 호감을 표시하고 있는 것이다, 이 남자는 결혼할 생각을 하고 있다, 그런데 나는 별거 중이다, 게다가 나이도 이 남자보다 더 많을 것 같다, 이 벤치는 고백하기엔 좋지 않은 장소다, 시끄럽다, 공기도 안 좋다, 나는 오늘 옷도 변변찮다, 화장도 그럴 것이다……. 이런 생각이 한꺼번에 폭발을 하니 입에서는 이상한 소리가 나왔다.

"여자의 자궁은요, 수태가 되는 내장이래요."

진숙 씨는 불쑥 이런 말을 하고 있었다. 진숙 씨가 지어낸 말이 아니었다. 프랑스의 대문호 미셸 투르니에가 한 말이었다. 어느 여성지에서 인용했던 것 같은데, 진숙 씨는 그 부분을 읽고 다음에 꼭 유머로 써 먹어야겠다고 생각했었다. 게다가 남자가《여성의 몸》을 읽고 있다니 이 유머는 딱 맞을 것 같았다.

결론은, 아니었다. '여자의 자궁은요, 수태가 되는 내장이래요'라는 말을 들은 남자는 그럼에도 불구하고 웃어주는 친절을 보이려고 했으나 잘 안 되는지 빈 커피컵을 입에 갖다 댔다. 그 다음 일은 말해 뭣하랴. 다시는 도서관에서 그 남자를 볼 수 없었다.

〈아담과 이브〉라는 그림이다. 그런데 이상한 점이 보이지 않는가?

여자는 탄력 있고 건강해 보이고, 남자는 병약해 보이는 데다 자기 몸을 가리고 있다.

여자는 무구하게 사과를 따려 하고,

남자는 사과도 보지 않은 채 슬며시 여자의 손목을 잡고 있다.

사과를 따라고 부추기는 건지, 따지 말라고 막는 건지 분명치 않다.

이 그림의 작가는 '수잔 발라동'이다.

발라동은 마흔네 살 때 자기보다 스물한 살 어린 '우터'를 만나 사랑하게 됐다.

이 그림의 모델도 발라동과 우터다.

아마도 우터는 수잔처럼 있는 그대로의 사랑을 하지 못했나 보다.

오직 사랑만 하는 여자와

그 사랑을 두려워하는 남자의 모습이 대비된다.

진숙 씨도 순진무구하게 남자를 대했다.

있는 그대로의 자기 모습을 남에게 보여줄 수 있는 사람만이

나중에 진짜 사랑을 찾게 되는 법이다.

— 수잔 발라동, 〈아담과 이브〉, 1909

4

도서관은 일요일이 아니라 월요일에 쉰다. 진숙 씨에겐 그게 얼마나 다행인지 몰랐다. 일요일에, 그 일요일을 일요일답게 보내기 위해서는 얼마나 많은 노력을 해야 하는가. 월요일이 휴일이 되면 그렇지 않았다. 월요일이라는 휴일은 그냥 빈둥거리는 날이 되어도 괜찮았다. 아들은 학교 가고 없고, 진숙 씨는 일주일에 한 번 월요일마다 맘껏 좀비처럼 지내는 즐거움을 누릴 수 있었다.

월요일 오전에도 텔레비전은 수다스러웠다. 서너 개의 채널에서 모두 토크쇼를 하고 있었다. '닥터의 승패' '황금거위알' '김칫국' '굿바이 시월드' 같은 프로그램이었다. 이 프로그램에서는 사람들의 수다를 대신해 주고 있었다. 진숙 씨도 어느새 그 수다를 경청하고 있었다. 그런데 경청에 그치는 것이 아니었다. 마치 자신도 그 패널 중 한 사람인 것 같았다. 텔레비전 속에서 출연자들이 반원을 이루고 앉아 있으니, 진숙 씨 자신도 나머지 그 반원 중에 한 사람으로 앉아 있는 것 같았다. 그러니까 텔레비전 안에 반원이 있고, 그 반원을 텔레비전 바깥으로 이으면 그 선 위에 진숙 씨가 앉아 있는 형국이었다. 진숙 씨는 좀 더 적극적으로 그 수다에 참여하고 싶어졌다. 배도 출출하고 해서 냉장고에서 아이스크림을 꺼내 왔다. 아이스크림을 퍼 먹으면서 수다쇼를 보는 것은 안락하고 평온했다.

아무리 시간이 많고 남자는 없다 하더라도 진숙 씨는 애 아빠를 다시 만나지는 않았다. 별거족은 이혼족보다 훨씬 더 순수성을 옹호한다. 이혼한 부부는 완전히 이혼했다는 이유로 간혹 만나기도 한다지만, 별거족은 만남을 철저히 배제하려고 노력한다. 이른바 중도파 별거족이란 건 거의 없다. 간혹이라도 부부간의 옛정을 생각하여 만나기라도 하는 별거족이라면 진정한 별거족 사이에서는 이단이거나 변절자라고 진숙 씨는 생각했다.

미선 씨와 진숙 씨는 그런 의미에서 순수 별거족이었다. 둘은 도무지 전남편을 만나려고 하지 않았다. 진숙 씨의 경우엔 아이조차 제 아빠에게 가지 않으려고 했기에 연락이 끊긴 지 오래였다. 미선 씨에겐 쌍둥이 딸이 있고 양육비도 대략 충분히 받다 보니 연락은 서로 있는 것 같았다. 그렇더라도 진숙 씨와 미선 씨는 농담으로라도 "그럼 우리 둘이 같이 살까?"라는 말을 건네지는 않았다. 미선 씨는 중학교 때 그 일을 잊지 못하는 것 같았다.

진숙 씨에게는 레즈비언 스캔들이 있었다. 경허라는 이름의 여자애였다. 반장이었던 그 아이는 반에서 가장 키가 크고 가장 얼굴이 검고 가장 목소리가 낮았다. 그리고 진숙 씨로 말할 것 같으면, 가장 조용하고 가장 하얗고 적당하게 작았다.

경허는 진숙을 귀엽다고 했다. 진숙의 볼을 꼬집기도 했다. 언제나 진숙을 데리고 다니려고 했다. 경허는 여중생답지 않게 팝송을 꿰고 있었고 기타를 치며 노래도 곧잘 불렀다. 당시 여학교엔 한 명씩 있었던 미소년을 상징하는 아이콘과도 같은 아이였다. 소문은 삽시간에 퍼졌다. 둘이서 사귄다더라, 둘이서 만진다더라, 둘이서 뽀뽀도 했다더라……

그 아이들은 질투했던 것인지도 몰랐다. 그러니까 레즈비언이라서 놀라고 놀린 것이 아니라, 자신들도 경허의 관심을 받고 싶었던 것이다. 누구나 어두운 욕망이란 게 있고, 그 욕망을 실현시키고 있는 사람에게 강렬한 질투심을 느끼게 마련이다. 그래서 그 질투심을 발현시키고 스캔들을 만듦으로써 자신들의 검은 욕망을 덮어 버리게 되는 것이다. 한 집단에서 희생자는 그렇게 해서 만들어진다.

경허, 스님을 연상시키는 이름을 가진 이 아이는 그 상황을 멋지게 처리했다. 경허는 아이들 앞에서 마치 기자회견을 하듯 엄숙하고 나직하게 말했다.

　　"너희들 중 정말로 진숙이에게 문제가 있다고 생각하는 사람이 있다면 지금 이 자리에서 분명히 말해."

그때 경허는 예수 같았다. 예수가 간음한 여자를 둘러싼 사람들에게 누구라도 죄가 없는 자는 먼저 돌을 던지라고 했던 것처럼, 경허는 조금도 주눅 들지 않고 또박또박 나지막하게 말했다. 물론 아무도 나서서 말하는 아이가 없었다.

그때 미선이도 경허를 좋아했었던 것 같다고 진숙 씨는 생각했다. 아니, 경허를 좋아하지 않은 여학생은 없었다. 경허의 책상 위에는 늘 크고 작은 선물들이 있었다. 경허와 진숙에 대한 소문이 있기 전까지, 즉 경허가 만인의 연인이었을 때, 경허가 그 누구에게도 특별한 애정을 주지 않는 것에 대해 마치 고마워하기라도 한다는 듯 아이들은 조공을 바쳤다. 그런데 경허가 진숙이를 간택한 듯 보였으니 그 평정은 깨어질 수밖에 없었다.

미선 씨는 지금도 진숙 씨에게 레즈비언 기질이 있다고 생각하는지도 몰랐다. 별거를 하고 나서도 진숙 씨가 자기처럼 남자를 사귀는 것 같지도 않고 특별히 외로워하는 것 같지도 않았으니 말이다. 이 때문에 진숙 씨에 겐 여러 모로 편한 점이 많았다. 미선 씨는 진숙 씨의 연애사나 사생활에 대해 묻지 않았다.

전날 밤늦도록 혼자 술 마시고
다음 날 침대에 널브러진 모습이다.
진숙 씨에게도 한동안 이런 날들이 있었다.
없었다면, 지금처럼 평온하기 어려웠을지도 모른다.

그렇다면 진숙 씨는 남편을 용서한 것일까.
만약 용서라는 것이 상대의 죄를 면해주는 것이거나,
상대가 한 짓을 잊는 것이라면,
진숙 씨는 남편을 용서하지 않았다.

사실, 용서는 인간이 할 수 있는 일이 아니다.

니체는 진정한 용서란 망각이라고 했는데
그것은 거의 불가능하다.
인간이 할 수 있는 용서란
자기에게 상처를 낸 사람 자체를 버림으로써
자신을 치유하는 것이다.
진숙 씨에게도 그 과정이 필요했다.

– 에드바르 뭉크, 〈그다음 날〉, 1895

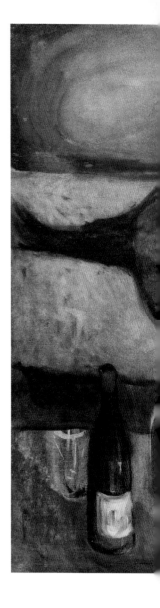

진숙 씨는 대학 때 경허를 다시 만났다. 같은 대학은 아니었지만 인근에 있었기 때문에 지하철이나 대학가 근처에서 만나질 수밖에 없었다. 경허는 여전히 매력적이었다. 결코 힐을 신는 일이 없었고, 결코 새 옷처럼 보이는 것을 걸치지 않았다. 화장도 하지 않았고, 술은 물론 담배도 프랑스 여배우처럼 피울 것 같은 자태였다.

대학에 들어가니 진숙 씨 또래를 일컬어 X세대라 했다. 진숙 씨는 정말로 X가 되고 싶었다. 네거티브 X, 저항의 X, 미지의 X, 그런 것이 되고 싶었다. 하지만 진숙 씨가 부정하거나 저항할 수 있는 것은 없었다. 진숙 씨는 고작 데모 현장 주변을 얼쩡거리다가 최루탄 잔여 가루를 옷깃에 묻히고 서둘러 과외 아르바이트를 하러 다녔다. 정말로 소심한 소문자 x였다. 보이지도 않는 x, 발육이 채 되지 않은 여자애의 젖꼭지 같은 x.

물론 진숙 씨도 꽤 잘생긴 남자를 사귄 적이 있다. 경허가 소개해 준 남자였다. 진보적이고 저항적인 남자였다. 그 아이는 이 세상에서 가장 멋진 운동권 남자 같았다. 데모할 때 아무리 얼굴을 가리고 매캐한 최루탄 가스 속에 있어도 진숙 씨는 그 아이를 알아보았다. 그래서 그 연기 속으로 한없는 눈길을 보내곤 했다.

진숙 씨는 그때 알았다, 어떤 행복은 몸으로 온다는 것을. 마구 행복할 때

발가락이 간질간질했다. 그러면 웃음이 연이어 터졌다. 그때 진숙 씨는 그 남자를 만나면 마치 간지럼 때문에 깔깔거리듯이 웃어재끼기도 했다. 그런 여자를 좋아할 남자는 없었나 보다. 남자는 무서워하며 떠났다. 왜 그 모습이 귀엽게 보이지 않았을까. 그 당시 스물두 살의 진숙 씨는 나름대로 귀여웠는데. 어쩌면 귀여운 듯한 옷과 머리 모양을 한 여자애가 그렇게 온몸이 근지럽다는 듯이 웃어대니 어린 남자는 당황했을 터이고, 자신의 당황스러운 심정을 불안으로 착각하고 떠났을지도 모를 일이었다.

진숙 씨는 그 잘생긴 남자와 헤어지고 나서도 마구 웃고 다녔다. 자기 이별사를 말하면서 심하게 미친 듯이 웃어대는 사람들이 있다. 미친 것이 맞다. 못 잊어서 미친 것이다. 그러니 미친 듯이 웃는 여자는 연약한 여자들이다. 남자들은 그 점을 모른다. 그 미친 여자가 여린 여자라는 사실을.

남녀의 증명사진 두 장을 붙인 것 같은 이 그림은 부부를 그린 것이다.

이들이 부부인 것은 확실하다.

둘 다 모델의 역할에 충실하기 때문이다.

두 사람은 '부부'로서 서로를 향하고 있는 것이 아니라,
'개별자'로서 정면을 향하고 있다.

그러면서 가장 자기 자신다운 표정을 짓고 있다.

이런 편안한 표정을 지을 수 있는 이유는 옆에 있는 자기 배우자를 믿기 때문이다.

좋은 부부란 오누이 같은 모습을 하고 있다.

진숙 씨도 자기 남편과 이런 오누이 같고,

증명사진 두 장 붙여 놓은 것 같은 부부 사이이기를 바랐다.

– 빌헬름 하메르쇠이, 〈화가와 그의 아내의 초상화〉, 1892

6

낭만적 연애사가 별로 신통치 않았다면 성애사라도 역동적이었으면 좋았으련만, 연애사가 없는 여자에게 성애사가 있을 리 없었다.

삼일천하였다. 진숙 씨가 결혼식을 마치고 신혼여행을 가서 첫날, 둘째 날, 셋째 날까지는 하룻밤에 한 번씩 그 일이 이루어졌다. 그 다음부터는 거의 없었다. 신통한 것은 이 남자가 어떻게 3일 동안은 하루도 안 빼놓고 할 수 있었냐는 것이었다. 진숙 씨는 그 사람이 왜 그랬는지 그 이유를 100개도 더 들 수 있었지만, 그중에 어떤 것이 진짜인지는 알지 못했다.

애 아빠와 주말부부를 할 때였다. 몇 주, 아니 몇 달을 '그 일' 없이 건너뛰었으므로, 게다가 그날은 날씨도 선선했고, 저녁 식사도 적당히 했으며, 얼마 전에 승진도 있었고, 아이가 유치원에서 칭찬도 받아 왔고, 청소도 아주 잘 돼 있었기 때문에, 오늘은 무슨 일이 일어나리라, 하며 진숙 씨는 내심 기대하고 있었다. 빨래만 널면 다 되었다. 한밤중에 시간을 벌기도 할 참으로, 진숙 씨는 어쩌면 이 빨래 널기가 애 아빠에게 어떤 메시지라도 될 수 있으리라는 기대까지 품고 베란다에 빨래를 널기 시작했다.

그때 날카로운 고함소리가 넘어왔다.

  "뭐야? 일부러 나 놀라게 하려고 이러는 거야? 빨래를 일부러 그렇게 세게 터는 거지?"

빨래 터는 소리가 애 아빠에게는 위협으로 들렸던 것이다.

심약한 사람, 비겁한 사람. 그때 진숙 씨는 슬펐다. 더 이상 빨래는 털지 않았다. 진숙 씨는 길 가다 돌 맞은 사람처럼 우두망찰 생의 부조리에 대해 절망하고 말았다. 빨래는 구겨진 채 빨랫대에 올랐다. 널리지 않고 걸쳐졌다. 잔뜩 찡그린 얼굴처럼, 젖은 채 구겨진 편지처럼.

그에 비하면, 미선 씨의 사정은 좋았다. 미선 씨는 심지어 남편과 별거하면서 이런 말까지 했다.

"나쁜 놈, 정말 좋은 놈이었는데……."

무엇이 좋았냐고 하면, 섹스가 좋았단다. 어떻게 좋았냐고 하면, 창의적이어서 좋았단다. 뭐가 창의적이었냐고 하면, 미선 씨는 상상을 초월하는 그 무언가를 하나하나 소개하려는 제스처를 취하려다 진숙 씨의 호기심을 억누르는 듯한 눈이 부담스러웠던지 모호한 말을 결론으로 내 놓았다.

"정상적인 섹스란 없어. 만약 섹스가 정상이라면 그게 정상이겠니?" 그러니까 미선 씨의 남편은 아주 정상적인 비정상의 섹스를 했고, 그래서 정말 좋은 놈이었고, 너무 좋은 놈이었기에 딴 여자에게 간 셈이었다.

미선 씨는 전 남편이 사는 곳에 간 적이 있다 했다. 당연히 여자의 흔적이 있었다. 그것도 여러 군데였다. 서로 성향이 다른 여자들이었다. 어떤 팬티는 옅은 살구색의 심플한 것이었고, 어떤 브래지어는 알록달록 레이스가 엉겨 붙어 촌스러운 것이었다. 결코 한 사람의 것이라고는 볼 수 없었다. 사이즈도 제각각. 어떤 컵은 작았고 어떤 컵은 와이어가 없었다. 이 모든 것을 종합해 볼 때 미선 씨는 남편에게 애인이 없다고 결론을 내렸다.

그러니까 잠자리를 하는 여자만 두루두루 있다는 것이었다. 잠자리 상대가 아니라 애인이 있다면, 적어도 집에 이런저런 여자의 흔적이 있을 리 없단다. 애인은 배타적이기 때문이다. 잠자리를 하는 여자가 여럿 있더라도 남자에게 애인이라고 불릴 수 있는 여자가 있다면 애인을 위해서 그 외 여자의 흔적은 지우고 애인의 흔적만을 남겨둔단다, 알리바이로.

진숙 씨도 간혹 미선 씨의 성생활을 질투하지 않는 것은 아니었다. 미선 씨도 그런 말을 했다.

"여자들이 가장 질투하는 게 뭔지 아니? 바로 다른 여자의 오르가슴이야."

맞는 말이었다. 만약 신혼여행 때 느꼈던 그것이 오르가슴이었다면 그것은 너무나 부적절한 순간에 왔다고밖에는 달리 할 말이 없었다. 도대체 오르가슴이란 게 그런 시점에 온 것이 말이 된단 말인가, 하는 생각에 진숙 씨는 거의 절망적인 심정이 되었었다. 애 아빠는 그때 그걸 포착했는지도 모른다. 이 여자가 나와는 안 되는구나, 라는 진실을 파악해 버렸는지도 모른다. 남자는 실제로도 그 말을 했다. 별거한 지 두 달쯤 지나고 나서 진숙 씨의 마음을 돌리려고 왔다가 그 말을 해 버린 것이다. "너하고는 안 되더라."

"불쌍한 사람."

진숙 씨는 자신도 모르게 혼잣말을 했다. 자기 아내의 마음을 돌리려고 한다는 말이 고작 '너하고는 안 되더라'인 남자는 상대의 마음을 너무 모르는 불쌍한 사람일 수밖에 없었다. 너하고 안 되었으니 불가피하게 필연적으로 다른 사람과 할 수밖에 없었던 자신을 이해해 달라는 가여운 논리였던 것이다. 그런데 더 가여웠던 건, 그 남자가 그 말을 한 순간, 진숙 씨는 그 말을 전적으로 이해해 버렸다는 점이었다.

별거를 시작한 건 그 남자의 여자 문제 때문이 아니었다. 진숙 씨는 아이를 위해서는 그 정도는 견딜 수 있었다. 남자는 술을 마시지 않고도 술주정을 했고, 미치지 않았는데 미친 척을 했다. 아이를 때렸고 진숙 씨에게 손찌검을 했다. 진숙 씨는 남자가 아이를 때릴 때 가장 두려웠다. 견딜 수가 없었다. 구석방에서 이불을 뒤집어쓰고 웅크리고 있기도 했다. 남자는 주방에서 술병을 깨고 바닥에 드러누워 고함을 지르기도 했다. 그리고 나서도 상사의 전화를 큰 소리로 웃으면서 받고 옷을 말쑥하게 입고 외출을 하기도 했다.

미선 씨는 정말 남녀관계에서만큼은 현자 같았다. 미선 씨는 말했다.

> "내가 결혼한 건 잘한 짓이야. 왜냐? 결혼으로 정조 관념이 없어졌거
> 든. 별거한 것도 잘한 짓이야. 왜냐? 없어진 정조 관념을 마음껏 쓸
> 수 있거든."

없어진 걸 쓴다는 표현은 말이 안 되었지만 생각하기에 따라 적절한 표현이 될 수도 있었다.

진숙 씨도 없는 걸 쓰고 싶었다. 가령, 사랑 없이 사랑을 하고 싶었다. 그래서 진숙 씨의 3개년 계획은 이거였다, 사랑할 리 없는 사람과 자 버리는 것. 사랑할 리 없기 때문에 오히려 쉽게 잘 수 있지도 않을까, 그러고 나서 홀가분하게 탁탁 털고 나오면 다른 사람이 될 수도 있지 않을까. 진숙 씨 주제에 이런 상상을 하는 것은 꽤나 자극적이고 통쾌한 일이었다. 하지만 역시 진숙 씨는 자기 주제에, 자고 나서 훌훌 털고 그 남자를 떠날 리 없다는 것을 알고 있었다. 진숙 씨는 책임지려고 할 것이다. 아무렇지도 않은 쪽은 오히려 상대방일지도 모른다. 상대는 아무렇지도 않은데 진숙 씨 혼자서만 전전긍긍하게 될 것이 뻔했다. 그럼에도 불구하고 진숙 씨는 그 계획 자체가 너무 매력적으로 느껴졌다. 도대체 자기 머리에서 그런 멋진 생각이 나왔다는 것 자체가 놀라웠다.

아침 식사 시간이다. 부부가 마주보고 있다.
아내는 화가 난 것이 아니라, 기대하고 있는 것이다.
남편은 아내의 마음을 모르는 것이 아니라, 모른 체하고 있는 것이다.
그리고 아내는 남편이 모른 척하고 있다는 걸 안다.
이 상태에서 가장 바람직한 것은.
아내가 남편에게 '현재의 상황'을 정확히 말하는 것이다.
감정을 싣지 말고 객관적으로.
그렇게 하면 어떻게 되냐고?
어떻게든 된다. 늘 이런 고착된 상태가 계속되는 것보단 낫다.

그림 속 남녀가 정확히 닮은 이유도 그 때문이다.

누구를 오래 미워하면
자신도 모르게 그 사람을 닮게 되어 있다.
이를 두고 '공격자와의 동일화'라고 한다.

자신이 미워하던 대상과 비슷해지지 않으려면 그 미움을 버리거나.
그 미워하는 대상을 버려야 한다.

- 윌리엄 맥그리거 팩스턴, 《아침 식사》, 1911

진숙 씨는 옷장부터 열었다. 진숙 씨에게 새로운 이미지를 만들어줄 옷은 없었다. 일단 지금 입고 있는 아들의 내의부터 벗어야 했다. 그리고 옷장 문을 닫고 컴퓨터 앞에 앉았다.

쇼핑이 필요했다. 도발적인 여자로 보일 필요는 없었다. 요즘은 모든 것이 패러독스다. 연애도, 성애도 패러독스다. 섹시해 보이는 여자는 오히려 쉬운 여자로 오인될 뿐이다. 섹시가 클리셰가 된 것은 이미 옛날이다. 도발 코드로 남자를 유혹할 수는 없었다. 쉬운 여자처럼 보이면 오히려 남자가 쉽게 다가오지 않는다. 약간은 어려운 여자처럼 보여야 남자가 다가온다는 것 정도는 진숙 씨도 알고 있었다.

진숙 씨는 미선 씨와 백화점에라도 가 볼까 생각했지만, 백화점 가는 것이 귀찮을뿐더러, 미선 씨의 안목도 믿지 못할 것이었다. 미선 씨는 진숙 씨를 또 다른 자기로 만들려고 할 것이기 때문이었다. 진숙 씨는 미선 씨가 부럽기는 하지만 그녀처럼 되고 싶지는 않았다.

백화점보단 인터넷 쇼핑이 더 나을 것 같았다. 쇼핑사이트는 넘쳤다. 너무 옷이 많아서 진숙 씨는 무엇을 선택해야 할지 난감했다. 소박한 것을 고르면 늙은 고등학생처럼 보일 것이고, 정장을 고르면 장례식 가는 그저 늙은 아줌마처럼 보일 것이다. 나이가 드니 진숙 씨는 가슴이 졸아들고 엉덩이 살도 빠졌다. 멀리서 얼핏 보면 진숙 씨는 사춘기 전 소녀처럼 보일지도 몰랐다. 나이 든 여자가 심하게 살이 빠져 버리면 몸이 차라리 사춘기 이전으로 돌아가게 된다.

진숙 씨는 넘치는 쇼핑사이트를 닫고 패션블로그를 찾기 시작했다. 미씨족의 패션을 검색해서 자신에게 맞는 스타일을 정해 보는 것이 순서 같았다. 검색어는 '30-40대' '미씨' '지적인 패션' 같은 것을 넣었다. 너무 예쁜 중년 여자 블로거들이 많았다. 이토록 근사한 여자들이 이렇게 많은데 자신이 인기가 없는 것은 당연한 듯싶었다.

그때 진숙 씨는 운명처럼 경허를 보았다. 경허의 블로그였다. 정말 드라마 같은 경우도 다 있지, 라고 생각한 순간, 경허가 아닌 것이 확인되었다. 그 블로거는 경허처럼 생긴 여자였다. 진숙 씨는 경허 같이 생긴 여자가 블로그 사진 속에서 입고 있는 옷을 유심히 보았다. 스타일은 완벽했고 무엇보다 자신에게 딱 맞을 것 같았다. 그 블로그는 친절하게도 쇼핑사이트로 바로 연결돼 있었다. 진숙 씨는 한꺼번에 여러 벌의 옷을 구매했다.

그때 큰동서에게서 전화가 왔다. 전화를 받을까 말까 하다가 진숙 씨는 전화를 받았다. 체념과 용기가 동시에 전화를 받게 했다. 그런데, 애 아빠가 죽었단다. 교통사고였단다.
누군가의 죽음은 그 어떤 분노와 어색함도 다 떨쳐내게 하는 법이다. 진숙 씨는 아들에게 이 사실을 어떻게 말해야 할지 걱정이 앞섰다. 앞으로 자기 행보에 관해 계획해 보려 했으나 아무 생각도 떠오르지 않았다. 지금 제일 중요한 것은 아들이 받을 충격을 어떻게 완화시키는가 하는 점이었다.

진숙 씨는 대충 옷을 챙겨 입고 학교 앞에서 아들을 기다렸다. 아무것도 모르는 아이는 진숙 씨 차를 보자 환하게 웃으며 달려왔다. 아들이 환하게 웃으면 늘 그렇듯이 진숙 씨는 마음이 울컥했다.

아들은 의외로 담담했다. 실감이 나지 않아서일 것이다.

　"울고 싶으면 울어."

진숙 씨는 말했다.

　"응."
　"짜식."

진숙 씨는 아들의 어깨를 다독거렸다.

그런데 이 광경, 어디선가 본 듯하다, 드라마에서 봤을까, 삼류 영화 같기도 하고…… 실은 진숙 씨 자신이 아들에게 '짜식'이라고 했을 때부터 좀 이상하긴 했었다. 그때 눈치를 챘어야 했다, 꿈이었다는 것을.

꿈이 아니라면 진숙 씨가 '짜식'이라는 단어를 썼을 리가 없다. 진숙 씨는 간혹 드라마처럼 꿈을 꿀 때가 있었는데 이번에도 그랬던 거다. 그런데 이 꿈이란 게 정말로 초현실적이라서 역할이 갑자기 바뀌기도 한다. 다른 게 아니라, 죽은 사람이 애 아빠가 아니라 진숙 씨 자신이었던 것이다. '울고 싶으면 울어'라고 말했던 여자는 애 아빠의 두 번째 부인이었던 거고. 무엇보다 아들은 어느새 그 여자의 새 아들이 되어 있었다.

그렇게 되고 보니 결국 꿈속의 꿈 형국이 됐다. 액자식 구성의 꿈을 꾸게 되면, 바깥의 꿈이 현실처럼 여겨진다. 즉, 진숙 씨는 죽었고, 죽기 직전 진숙 씨는 애 아빠가 죽는 꿈을 꿨고, 진숙 씨의 아들은 애 아빠의 새 여자와 있었던 것이다. 그런데 진숙 씨는 별로 끔찍하지 않았다. 차라리 차분해졌다. 진숙 씨는 이미 죽었고, 죽음은 받아들여야 한다고 생각했다. 무엇보다 아들이 듬직했다. 누구와 같이 있건, 아들만 잘 커주면 되는 것이었다.

잠결에 눈물이 흘렀다. 눈물의 촉감 때문에 진숙 씨는 잠에서 깼다. 꿈과 현실의 중간에서, 자신이 꿈을 꾸고 있었다는 걸 깨닫게 되면서 진숙 씨는 조금 행복해졌다. 월요일의 낮잠이었다. 진숙 씨는 자리에서 일어나 잠들기 전 인터넷으로 주문했던 그 낯선 옷들을 취소했다.

진숙 씨는 어리석게도 사랑할 리 없는 사람과 잠자리를 하려는 계획을 세웠었다.
그건 불행한 결혼생활이 만든 히스테리였다.
진숙 씨는 자신의 어리석음을 꿈으로 인해 깨달았다.
그 꿈은 아들에 대한 사랑이 만든 것이었다.

진정한 성장은 심리학자 융이 말한 대로
자기 자신이 되는 것(individualization)이다.

진숙 씨는 다른 누군가가 되기 위한 헛된 노력을 할 이유가 없는 것이다.

- 피터 일스테드, 《침실에서》, 1901

8

이 세상에는 미결이 곧 완결인 관계가 있다. 진숙 씨는 자신과 남편의 관계가 그러하리라는 생각이 들었다.

아이가 5학년 때까지는 애 아빠와 아이의 왕래가 드문드문 있었다. 언제부턴가 오랜만에 만난 아이를 애 아빠는 서둘러 돌려보냈다. 그즈음 아이는 자기 아빠에게 온 문자 메시지를 보고 말았다. 전 날의 정사를 암시하는 문구였다. 아이는 그 일에 관해 한 달이나 지나서 진숙 씨에게 이야기했다. 무표정의, 무기력한 얼굴이었다. 그 후로 아이는 그 얘기를 꺼내지는 않았지만 제 아빠를 만나려 하지 않았다.

진숙 씨는 애 아빠에게 여자가 있다는 건 참을 수 있었다. 이미 진숙 씨 소관이 아니라고 생각도 했다. 견딜 수 없었던 것은 그 문자 메시지를 들킬 만큼 아이에게 신경 쓰지 않고 경솔했다는 것, 그에 더해, 그 사실에 대해 처음엔 묵묵부답으로 인정하더니 나중에는 그런 사이가 아니라면서 아이를 거짓말쟁이로 만들고 아이의 상처마저도 무시했다는 점이었다.

얼마 전에 아이가 진숙 씨의 발을 주물러주면서 이런 말을 했다. "엄만왜 이렇게 각질이 많아?" 그 말이 너무 다정해서 진숙 씨는 눈물이 나왔다. 진숙 씨가 별 먹은 것도 없이 체해서 토한 날이었다. 녀석이 무슨 마음이였는지 난생 처음으로 진숙 씨의 마른 발을 주물렀다.

아이도 7년 동안 제가 받은 상처를 치유하고 있었을 것이다. 진숙씨보다 더 깊은 상처이고 더 오래갈 상처이고, 아마도 자신이 아직 느끼지 못하는 미래의 상처까지 담고 있을 것이다. 그런데도 녀석이 그랬다, 엄만 왜 그렇게 각질이 많아?

인터넷으로 옷을 취소하고 나서 진숙 씨는 유서를 썼다. 자신이 갑자기 죽었을 때를 대비한 것이었다. 별 내용은 없었다. 재산, 통장계좌, 보험, 집문서 같은 거였고, 마지막에 한 문장을 덧붙였다.

　"즐겁게 살되, 그것이 아름답고 가치 있는 것인지를 늘 생각해."

많은 이들이 죽음을 의식하기 위해 유서를 써 보는, 일종의 이벤트를 한다. 죽음을 의식하고 삶의 의미를 찾거나 의지를 갖기 위해서다. 진숙 씨는 죽음을 의식하지 않기 위해 유서를 쓴 셈이었다. 자신이 죽으면 아이만 홀로 남을 거라는 생각 때문에 진숙 씨는 종종 불안했던 것이다. 유서를 쓰고 나니 진숙 씨는 마음이 한결 가벼웠다. 배신하지 않을 보험을 든 것처럼 든든했다. 이제 자신이 죽더라도 아이에게 전할 말은 다 한 것이다.

진숙 씨는 아들과 함께할 저녁 식사를 준비하기 시작했다. 오랜만에 아들과 정찬을 하고 싶었다. 아까워서 쓰지 않던 고급 식기들을 꺼내기 위해 싱크대 문을 열었다. 그런데 문 안 쪽에 굵은 국수 가닥처럼 늘어진 종이가 붙어 있었다. 자잘한 글씨로 '안마 30분' '쓰레기 버리기' '심부름 10분'

'엄마 부탁 들어주기' 같은 말들이 적혀 있었다. 아들이 초등학교 다닐 때 만든 효도쿠폰이었다. 몇 장은 찢어서 썼는지 이가 빠져 있었다.

코끝이 시큰해지는 게 느껴졌다. 평소 같으면 감정과잉이라고 자조했을 일이었다. 그러나 오늘은 다 쏟아내도 될 것 같았다. 진숙 씨는 부엌 바닥에 주저앉아 울었다. 오래 울지는 않았다. 아이의 쿠폰을 다시 보니 웃음이 났다. 진숙 씨는 오늘밤 쿠폰 하나를 슬쩍 내밀어 볼까 하다가 혼자만 아는 보물로 남겨두기로 했다. 간혹 싱크대 문을 열어 아이의 비뚤배뚤한 글자를 보면 오늘처럼 조금 울면서 또 많이 웃을 수도 있을 것 같았다.

한눈에 아이가 훌륭하게 자랐다는 것을 알 수 있다.
아이가 영민하고 건강해 보여서이기도 하지만
그보다 엄마가 성숙하고 차분해 보여서다.
아이 엄마의 고요하면서도 강해 보이는 저 눈빛과 입매가 그녀의 삶을 말해준다.

그러니까 아이를 잘 키운다는 것은,
엄마 스스로가 성장한다는 의미이기도 하다.

진숙 씨는 아들을 잘 키우기 위해 스스로를 성장시킬 것이다.
그리고 언젠가 그 성장의 힘으로 진정한 사랑을 만날 것이다.
진숙 씨의 삶은 유예된 모라토리움이 아니다. 아이와의 진짜 삶을 살고 있는 것이다.

– 헨리 워커, 〈윌리엄 에반스부인과 그녀의 아들〉, 1895

터키행진곡

고통 받는 모든 사람들은
어떻게 말로 표현할 수 없는 상태에 놓인 상처입고 당황해하는 어린 아이를
자신 안에 감추고 있다는 걸 알아야 해요.

장 다비드 나지오, 《카우치에 누운 정신분석가》

1

가난한 아이에게 웃기면서도 비참한 일은 비오는 날에 생기게 마련이다.

초겨울 비가 말 그대로 추적추적 내리는 날이었다. 이 '추적추적'이라는 말은 단지 비가 내리는 모양을 나타내는 의태어가 아니란 걸 그때 알았다. 비는 온몸에 추적추적 배였다. 추적추적 차갑고 으스스하게 운동화 속으로 추적추적 소리를 내며 온몸에 한기를 스미게 했다. 그러니까 추적추적은 의태어이자 의성어이며, 시각이자 촉각이며 청각적이기까지 한 말인 것이다.

우산은 썼지만 한 손은 드레스 앞자락을 잡고 동시에 가방도 들어야 했기에 정말 정신이 없었다. 바람도 꽤 불어서 드레스는 태극기처럼 펄럭거렸다.

정말 태극기와도 같은 드레스였다. 실크 드레스는 물론 아니었고 아이들이 학예회 때 입는 하늘하늘하게 가공된 레이온이나 아세테이트 드레스도 아니었다. 면직물처럼 보이는 폴리에스테르 드레스였다. 엄마가 만든 거였다. 몇 만 원 주면 살 수 있는 그 하얀 인형옷 같은 드레스를 마다하고 엄마는 직접 드레스를 만들었다.

커튼을 하려고 사 두었던 천이지만, 사실 이런 천으로 커튼이 될까 싶었다. 차라리 이불잇이나 베갯잇이 더 어울릴 것 같았다. 분홍색에다가 곰인형이 그려져 있는 천. 그런 것으로 엄마는 드레스를 만들 엄두를 내고 마침내 그렇게 하셨던 것이다. 나는 군말 않고 드레스를 입었다. 우리는 가난했고 그거라도 입어야 했고 입지 않으면 피아노학원 원생 발표회에 나가지 못하기 때문이다. 나는 그 연주회에 꼭 나가고 싶었다.

일반적으로 드레스는 안쪽에 캉캉속치마를 입어서 부풀게 하는데 우리 집에 그런 게 있을 리 없었다. 나는 그런 속치마 대신 그냥 통이 넓은 청바지를 입었다.

진짜 문제는 상반신 쪽에 있었다. 엄마가 드레스 쪽에는 경험도 없고 감이 없어서 목을 너무 많이 파 버렸다. 아직 가슴이 솟기도 전인 열두 살 때였다. 그때 푹 파인 네크라인의 드레스는 안쓰러웠다. 게다가 분홍색 곰인형이 그려진, 면을 가장한 폴리에스테르 드레스에 U자형 네크라인이라니. 하는 수 없이 엄마는 드레스 안에 목폴라 스웨터를 입혔다. 날씨도 추우니 일석이조라는 것이었다.

그렇게 해서 나는 목폴라 스웨터와 청바지 위에 분홍색 드레스를 입고 운동화를 신고 비를 반쯤은 맞으며 발표회가 있는 강당으로 가게 되었다.

할 말이 없게 만드는 그림이 있다.

그림에서 뭔가를, 그러나 스스로에게 설명할 수 없는 어떤 것을 발견했을 때다.

프로이트는 아무 것도 아닌 것처럼 보이지만

본질적인 어떤 것을 '바로 그것(the thing)'이라고 했다.

우리는 이 그림에서 '바로 그것'을 감지한다.

아마도 이 그림은 화가 자신의 어린 시절 자화상 같다.

혹은 모델인 아이에게서 과거의 자신을 보았을 것이다.

아니라면 표정을 이렇게 그릴 수가 없다.

낡은 숄과 우산을 함께 움켜쥔 얼굴에서 단호함이 느껴진다.

적의도 아니고, 절망도 아닌, 단순한 슬픔도 아닌 그 어떤 것(the thing)이

아이의 온몸을 감싸고 있다.

발갛게 상기된 볼과 꼭 다물었지만 분명 메말라 있을 입술을 보면

곧 울음이 터질 것 같지만 아이는 꿋꿋이 참고 있다.

이 아이는 아마도 힘겹게 삶의 한계를 넘어서려고 노력하고 있을 것이다.

만약 이 그림에서 눈을 뗄 수 없다면

그 또한 이 그림에서 과거의 자기 자신을 보았기 때문이다.

마리 바슈키르체프, 〈우산〉, 1883

2

강당은 집에서 30여 분 걸리는 곳에 있었다. 엄마는 시장에 장사하러 가고 없었고, 집에는 어린 동생 둘만 있었다. 나는 동생들에게 대충 밥을 챙겨주고 피아노 발표회에 간 것이었다.

가난하면서 무슨 피아노를 배웠느냐 하겠지만, 피아노는 엄마에게 허영이었다. 모든 사람들에겐 적어도 단 하나의 허영은 있어야 한다. 특히 젊고 가난한 사람일수록 그렇다. 작은 허영이라도 없으면 그 젊은 사람은 가난을 견디지 못한다. 엄마는 그때 서른세 살이었고 가난했고 자식은 셋이나 있었다.

강당으로 가는 길은 폭이 넓은 인도로 쭉 뻗어 있었다. 비오는 날, 그 인도를 걷는 사람은 나밖에 없었다. 어떻게 그것을 알 수 있냐고? 당연히 알 수 있다. 그 길은 정확히 일자로 나 있었기에 앞뒤를 쳐다보면 몇 명인지 분명히 셀 수 있었다.

그 인도는 찻길에 인접한 길이었다. 그러니까 찻길도 일자로 쭉 뻗어 있었던 셈인데, 그렇다면 다른 아이들은 그 길로 차를 타고 연주회장으로 갔다는 뜻이 된다. 그들은 차를 타고 가면서 가련하게도 분홍색 드레스를 입고 우산을 쓰고 가방을 들고 가는 여자 아이를 모른 척한 것이다.

'설마' 했을지도 모른다. 드레스란 모름지기 흰색이거나 아이보리색이어야 했으므로, 그리고 연주회는 부모님과 함께 차를 타고 가는 것이 상식이었으므로. 이상하게 긴 치마를 입고 우산을 쓰고 가는 발육 상태가 별로 좋지 않은 아이가 자신들이 가는 그 화려한 연주회에 가는 아이라고 생각하지 못했을 수도 있다.

연주회장에 도착하니 과연 모두들 다 와 있었다. 그들은 모두 이런 장소엔 아주 여러 번 와 봤지 하는 식으로 매우 자연스럽게 행동하고 있었다. 엄마들은 자식들 화장을 해 주고 있었는데, 자기 아이 화장을 마친 어느 동정심 많은 아주머니가 나를 보더니 "너도 화장해야지" 했다. 나는 수줍은 듯 얼굴을 내밀었다. 화장은 금방 끝났다. 금방 끝난 만큼 무척이나 선명했다. 입술은 빨갰고 눈썹은 새까맸다. 그리고 이미 얼굴은 부끄러움과 당황스러움으로 붉게 타오르고 있었던지라 그 위에 바른 파우더는 마치 분필 가루처럼 하얗게 떴다.

그래도 다행이다 싶었다. 화장을 안 한 얼굴은 조명 받으면 해골처럼 보인다고 했다. 적어도 해골처럼 보이고 싶지는 않았다.

내가 치기로 한 곡은 〈터키행진곡〉이었다. 모차르트 피아노 소나타 11번의 3악장 말이다. 〈터키행진곡〉은 경쾌하고 빠른 곡이었는데 나는 그 곡을 더욱 빠르게 치려고 노력했었다. 손가락이 미끄러지듯이, 미끄러지지만 헛디디지 않도록 연습하고 또 연습했다. 만약 내가 연주하는 그 박자로 '행진'을 한다면 다들 올림픽 경보라도 해야 할 정도였다. 내가 빨리 치면 칠수록 나를 잊게 되는 것이 좋았다. 그 속도에 내가 휘말려 나도 잊고, 내 가난도 잊고, 내 열등감도 잊고, 그런 느낌이었던 것이다.

나는 연주회에서 독창도 했다. 그 당시 나는 노래도 잘하는 아이였나 보다. 피아노 학원 원장 선생님은 이상한 옷을 입고 온 나를 약간 과장되게 격려했다.

"엄마가 만드셨니?"
"네."
"아주 독특하고 예쁘구나."
"……."
"근데, 엄마는 오지 않으셨니?"
"네."
"바쁘시구나."
"네."
"그럼 누가 오셨니?"
"혼자 왔어요."

이런 경우 간단하게 대답하는 것이 낫다는 것을 오랜 학교생활로 이미 알고 있었다. 길게 대답하면 더 많이 질문했고 그럴수록 할 말이 더 없어져 버벅거리게 되어 있기 때문이다.

저학년 아이들의 연주부터 시작되었고, 그사이에 합창이나 독창이 있었다. 고학년 아이들의 연주는 후반부에 있었다. 나는 피아노 연주 전에 독창을 했다.

내 독창에 반주를 해 준 이는 혜주 언니였다. 혜주 언니는 요즘 말로 여신이었다. 머리카락 색깔과 두께부터 나와 달랐다. 나처럼 검고 굵은 머리털이 아니었다. 갈색의 가느다란 머리카락이었다. 드레스도 발을 덮는 길이의 하이얀 것이었다. 레이스도 달려 있었다. 목선을 덮는 하이네크라인에 앙증맞은 레이스가 붙어 있었는데, 그것이 오히려 얼굴을 우아하게 돋보이게 했다. 머리도 하얀 리본으로 장식을 했다. 그 여신과, 분홍 면-폴리에스테르 옷을 입은, 붉고 허옇고 야윈 몸의 여자 아이가 함께 무대 위에 올랐던 것이다. 나의 노랫소리는 아마 꾀꼬리 같았을 것이다. 엄마를 닮아 생활력이 강해 그런지, 당황하거나 힘들면 더 씩씩해졌다.

이 소녀에겐 콤플렉스가 전혀 없어 보인다.

소녀는 보일 듯 말 듯한 미소를 짓고 두 손을 얌전하게 모으고 있다.
열 살 전후의 아이이지만 표정은 거의 자상한 어머니 수준이다.
상류층 교육을 제대로 받고 스스로도 선민의식을 갖고 있는 것이다.
머리에 올린 가지런한 리본과, 더 가지런한 애교머리를 보라.

혜주도 그런 아이였다.
착하고, 똑똑하고, 모두에게 상냥하기까지 했다.
혜주는 붉은 얼굴의, 안쓰러운 드레스를 입고
노래를 부르는 여자아이를 보며 어떤 생각을 했을까.

– 찰스 조슈아 채플린, 《어린 소녀의 초상화》, 1881

나중에 혜주 언니와 함께 나란히 서서 찍은 사진을 보니 나는 마치 배가 툭 튀어나온 것처럼 보였고 당연히 드레스 앞자락은 훌쩍 들려 있었다. 잔뜩 화나 배를 쑥 내민 채 겉옷 위에 잠옷을 입고 있는 것 같은 모습이었다. 두꺼운 스웨터 때문에 앞쪽이 들려졌을 터이지만, 그보다는 엄마의 서툰 재단 때문에 그랬을 것이다. 엄마를 원망할 수는 없었다. 그냥 내가 엉덩이를 좀 더 빼고 서 있을 걸, 싶었다.

얼굴은 슬퍼 보였다. 너무 붉게 타오르고 있었던 것이다. 그 사진은 다른 사람이 보면 웃겠지만, 나 자신이 보기엔 더 없이 끔찍하고 슬픈 사진이었다. 옆에 혜주 언니가 있어서 더 그랬다. 바닥에 차르르 깔린 하얀 드레스와 앞이 쑥 들린 그 요상한 치마가 나란히 있는 모습은 우습고도 슬펐다.

〈터키행진곡〉 연주도 끝났다. 나는 아주 빠르지 않게 속도를 잘 조정하면서 연주했다. 마치 머릿속에 메트로놈 하나를 놓고 있는 것처럼 연주한 것이다. 연습할 땐 나 자신을 잊는 것이 좋았지만 연주회 때는 나를 알리는 것이 더 중요했기 때문이다. 사람들이 나를 피아노 잘 치는 아이로 기억하기를 바랐다.

애도 끔찍하게 썼고, 스웨터도 입고 있다 보니 너무 더웠다. 땀도 삐질삐질 흘렸다. 아니, 그런 건 참을 수 있었다. 가장 큰 문제는 듣는 사람이 아무도 없다는 것이었다. 내 독창도 들은 사람이 없지만, 피아노 연주를 들어준 사람도 없었다. 물론 장내는 제법 고요하고 사람들도 경청하는 분위기였다. 다만, 그 많은 사람 중에 엄마가 없다는 것, 나는 그냥 혼자 그곳에 있다는 것이 쓸쓸했다. 게다가 집에 돌아갈 것도 걱정이었다. 휴대폰 같은 건 없던 시절이었다. 그리고 엄마가 장사를 파하고 올 사람이 아니었다. 엄마는 귀갓길 정도는 나 혼자 해결할 수 있다고 믿었던 것이다. 물론 나는 잘 해결했다. 학원 원장 선생님이 태워다 주셨다. 갈 때는 30분이나 걸렸는데 차를 타니 5분도 안 걸리는 거리였다.

그리고 결정적으로, 나는 꽃다발을 받았다. 엄마가 갑자기 온 것이 아니었다. 원장 선생님이 남는 꽃다발을 하나 내게 건넨 것도 아니었다. 턱시도까지는 아니어도 단정하게 잘 차려 입고 머리 모양도 가지런하게 잘 정리한 남자 아이가 무대 위로 뒤뚱뒤뚱 걸어와 내게 꽃다발을 내밀었다. 나는 그 순간에도 저렇게 잘 생긴 아이가 저토록 뒤뚱거리다니, 라는 생각을 했었다. 어쨌든 꽃다발로 노력의 보상을 받은 기분이 들었다. 축축했던 운동화가 갑자기 가벼워지는 느낌이 들기도 했다.

모르는 아이였다. 아니, 전혀 모르는 아이는 아니었다. 옆 반의 반장이었으니까. 이름은 방수민이었다. 다시 말해, 이름은 알고 있지만, 서로 알고 있다는 걸 모르는 사이였다. 방수민은 피아노 학원을 다니지도 않았었다. 어떻게 여기 왔을지 조금만 생각해 보면 알 수 있는 이 문제의 해답을 그 당시 나는 찾을 수 없었다. 그만큼 긴장하고 있었던 거다.

사연은 이랬다. 방수민의 동생이 피아노 학원에 다니고 있었고 그 남자애는 오빠로서 연주회에 왔던 것이다. 그리고 방수민은 자기 동생이 받은 꽃다발 중에 하나를 받아내 나한테 주었다. 동생에게 사정사정해서.

모딜리아니의 소녀 그림을 볼 수 있다는 것은 다행스러운 일이다.
모딜리아니가 소녀를 그리지 않았다면,
이처럼 슬프면서도 어린아이다운 표정을 지니고 있고,
다음에 어떤 어른이 될 지 전혀 알 수 없는 여자아이가 있다는 사실을 알 수 없었을 것이다.

— 아메데오 모딜리아니, 〈푸른색에 싸인 소녀〉, 1918

4

방수민은 그날 우리집에 와서 그 모든 것을 고백했다. 그러니까 진짜 사건은 피아노 연주회가 끝나고, 내가 집에 돌아오고, 드레스를 벗어버리고 나서 시작되었다.

"야, 안하영!"

대문 밖에서 소리가 들렸다.

"안하여어엉!"

이번에는 '영'을 길게 뽑는 소리였다.

"언니야, 누가 언니 부른다."
"나도 들었다."

나는 아직 화가 덜 풀려 있었다. 집에 와도 엄마는 없었고, 일곱 살밖에 안 된 남동생은 내 공책에 낙서를 하고 있었고, 두 살 아래인 여동생은 그걸 말리지 않고 인형놀이에만 골몰하고 있었다. 게다가 화장은 잘 지워지지 않아 몇 번씩 비누칠을 해야 했다.

"왜?"

나는 대문을 확 열어젖히고 방문객을 맞았다. 누군지 상관없었다. 집으로 갑자기 나를 찾아올 만큼 친한 아이는 없었기 때문이다. 게다가 벌써 8시가 넘은 시각이었다. 그런데, 방수민이었다.

"왜?"

이번에는 좀 누그러진 '왜?'였다.

"얘기할 게 있어서."
"아, 꽃다발? 고마웠어."

다행히 나는 인사하는 것을 잊지 않았다.

"그게 아니라, 피아노 친 거 말이야."
"〈터키행진곡〉?"
"응."
"〈터키행진곡〉이 왜?"
"그거 참 좋더라."
"너도 배워라."

방수민은 당황하는 표정을 지었다. 나는 내가 실수했다는 것을 곧바로 깨달았다. 방수민은 여전히 대문 밖, 나는 대문 안이었다. 비 그친 지 얼마 안 돼 춥기도 했다. 게다가 방수민은 나한테 꽃다발을 줬고, 내가 친 곡이 좋다고 집까지 찾아왔는데.

하지만 차마 "들어올래?"라는 소리는 나오지 않았다.

　"나올래?"

내가 '들어올래?'라는 말을 못하는 사이, 방수민은 '나올래?'라는 말을 했다. 나는 '들어올래'가 비어 있는 자리에 '나올래'라는 말이 들어가는 것이 참 멋있다고 생각했다. 그래서 당연히 방수민을 따라 나갔다.

방수민은 역시 약간 뒤뚱거렸다. 그때 긴장해서, 혹은 무대가 너무 높아서 뒤뚱거린 게 아니었다. 그 아이는 원래 뒤뚱거리는 아이였던 거다.

방수민과 나는 놀이터 벤치에 마주 앉았다. 아파트 단지 내에 있는 놀이터라서 별로 어둡지는 않았다.

　"너, 그 곡 참 잘 치더라."
　"고맙다."

방수민은 서울말을 썼다. 나는 사투리를 썼다. 거기서 벌써 권력 관계가 생길 법했다. 하지만 이 경우엔 좀 다를 수도 있었다. 나는 피아노를 친 연주자였고, 방수민은 일종의 '팬'으로서 나를 찾아온 것이니까.

"〈터키행진곡〉이 그렇게 가볍고 재밌는 곡인지 몰랐다."
"니 동생은 무슨 곡 쳤는데?"

나는 궁금하지도 않은 것을 물었다. 사실 저학년이 뭘 쳤는지 내가 알 바 아니었다. 아마 쉬운 소나티네나 동요곡을 연주했을 것이다. 그렇지만 약간의 관심은 표해야 했다. 방수민 동생에 대해 관심을 표하는 것으로 방수민에 대한 무관심을 나타낼 수 있으니까.

"너 혹시 네 곡만 기억하는 거 아니야? 너무 집중하느라 말이야."

역시 방수민은 똑똑한 아이였다. 나는 허점을 잡힌 듯했다. 그럴 땐 아무 대답 안 하는 것이 상책이다. 그래야 상대가 조금은 당혹스러워할 테니까.

그때 동생들에게 아무 말도 안 하고 나왔다는 것을 깨달았다. 엄마도 시장에서 돌아오면 걱정하실 텐데. 뭐, 일찍 들어가면 되지…….

"근데, 안하영."
"왜!"

"너 4학년 때 연극했지?"

"……."

"넌 연극도 잘하고, 노래도 잘하고, 피아노도 잘 치고…… 그리고……."

"그리고 뭐?"

"아니다."

"뭐?"

"얼굴도 예뻐서 좋겠다고."

이 녀석이, 지금 나한테 뭐하겠다는 건가, 싶었다. 사실 방수민은 이러면 안 되는 애였다. 4학년 때 내가 연극 공연하는 걸 보고 방수민이 눈물을 줄줄 흘렸고 그건 작은 초등학교에서 스캔들이 되었기 때문이다. 아이들은 방수민이 안하영을 좋아한다고 소문내고 다녔었다. 그게 싫지는 않았지만 어쨌든 이런 식으로 고백 비슷한 걸 받아서는 좀 곤란했다.

"너는 배우가 되겠다."

"말도 안 된다."

"왜? 너는 연극도 잘하잖아."

"야, 그거 돈 있어야 되는 거다. 그리고 이 촌구석에서 무슨 배우가 되냐? 서울에 가야 되는 거지."

방수민은 말을 더 잇지 않았다. 나도 쬐끔한 게 돈 타령이나 하고, 촌구석이란 말을 쓰고 한 것이 후회되어 가만히 있었다. 그래도 방수민은 몰라 도 너무 몰랐다.

방수민은 말하자면 이 소도시의 이방인이었다. 당시 내가 살던 곳은 개 발이 막 시작된 곳으로 여기저기 넓은 길이 닦이기 시작했다. 길이 닦이 고 공장이 들어서고 문화시설도 생기고 그러다 보니 대도시에서 사람들 이 모여들었다. 방수민은 대도시에서 온 아이였다. 나는 대도시에서 온 아이들의 생리를 알 수가 없었다. 그들의 부모님들이 무슨 음식을 먹이 고, 어떻게 옷을 입히고, 어떻게 공부를 시키는지도 알 수 없었다. 오죽하 면, 그들이 어떤 집에서 어떤 모습으로 잠을 자는지도 상상할 수 없었다. 방수민은 그렇게 알 수 없고 상상할 수 없는 세계에서 온 아이였는데, 우 리 동네에 있긴 했지만 누가 살고 있는지도 모르는 아파트 놀이터에 앉 아 시시껄렁한 이야기를 한 것이다.

그런데 이 애가 어떻게 우리집을 알았을까, 라는 생각이 비로소 들었다. 하루가 너무 피곤했던 탓이다. 30여 분 빗길을 걸은 것도 그랬지만 그 이 상한 옷을 입고 땀을 뻘뻘 흘리면서 연주한 것도 그렇고 목청 높여 노래 를 한 것도 피곤한 이유였다. 그러니 제정신이 아니었던 것이다. 정신을 차려야 한다, 지금 이상한 상황이다, 밤인데다가 나는 지금 방수민과 함 께 있다⋯⋯.

  "야, 너, 우리집 어떻게 알았는데?"

"으응, 이재열 알지? 그애가 가르쳐줬어."

이재열은 우리반 귀공자였다. 역시 끼리끼리 노는 거다.

"이재열은 우리집 어떻게 알았대?"
"너희 집 옆집이 재열이 이모집이래."

그러고 보니 그 전에 우리집 근처 문방구에서 이재열을 본 적이 있었다. 그렇다면 이재열은 우리집 사정을 다 알고 있을 지도 몰랐다. 아버지가 죽었다는 것도 알겠지? 아버지가 높은 곳에서 용접하다 떨어졌다는 것도 알까?

르느와르의 그림 속 모델들은 대부분 관상학적으로 매우 좋은 얼굴을 가지고 있다.
이 소년도 그러하다. 이마와 양 미간 사이가 시원하니 부모운과 초년운이 좋을 것이고,
콧망울이 깨끗하고 콧구멍이 보이지 않으니 중년운도 좋고 재산도 많이 모일 것이다.
입꼬리가 올라가고 하관도 적당하게 발달했으니 말년운도 좋을 것이다.
무엇보다 얼굴 전체의 균형이 맞다. 그러니 필시 더할 나위 없이 좋은 관상인 것이다.

굳이 관상이 아니더라도
이 소년은 한눈에 집안이 좋고 건강하며 똑똑하리라는 것을 알 수 있다.
그러나 가난하고 자존심 센 여자아이에게 이런 남자아이는 무관심의 대상이다.

정말로 관심이 없어서가 아니라 상처받지 않기 위한
여자아이 나름의 방어기제인 것이다.

- 오귀스트 르느와르, 《페르낭 엘뤼앙의 초상》, 1880

엄마는 아버지 보상금으로 시장에 반찬 가게를 열었다. 반찬 가게라 했지만 그건 가게가 아니라 시장통에 그냥 칸막이만 대충 있는 것에 불과했다. 한 사람이 죽었는데, 겨우 시장통 한 칸이 나온다는 것이 이상했다.

아버지가 돌아가신 지 5년이 지나자 우리는 아버지 기일을 제외하곤 아버지에 대한 얘기를 안 했다. 아니, 기일조차도 제삿밥만 먹고 서둘러 학교에 갔다. 학교에서 도시락을 열었을 때 아버지 제사 음식이 반찬통에 들어 있는 걸 보면 비로소 덜컥 눈물이 솟았다. 엄만 이상도 하다, 도시락 반찬에 숙주나물이 뭐람, 쉴지도 모르는데, 차라리 김치나 넣지……, 하면서 밥을 꾸역꾸역 삼켰다.

남동생이 제일 불쌍했다. 남동생은 아버지 장례식 때 엄마에게 업혀 있었다. 아버지는 여름에 떨어졌고 그래서 장례식 때도 무척 더웠다. 엄마는 더워서 징징대다 못해 자지러지는 남동생을 업고 상주 노릇을 했다. 눈물과 땀이 동시에 얼굴을 타고 흘렀다. 여동생은 다섯 살이었는데 아버지가 죽었다는 게 뭔지 모르는 것 같았다. 자기가 주인공이나 된 양 오히려 다소곳이 어른들의 칭찬을 기다리고 있는 모습이었다. 바보 같이 울지도 못하는 그 애가 밉기도 했고 불쌍하기도 했다.

아버지 살았을 때 기억은 그리 좋지 않다. 아버진 신경질적이었다. 내가 네 살 때도 그랬다. 어찌 네 살 때라고 확신하느냐고 묻는다면, 나도 모르 겠다. 그냥 그때 나는 네 살이었다. 적어도 다섯 살 이상은 아니었다. 다섯 살이 넘어서 그런 행동을 할 정도로 나는 미성숙하지는 않았기 때문이다.

창문이 하나 있는 작은 방이었다. 창문 유리는 단단한 검은 색이었던 것 같다. 밤이었던 거다. 방 안에는 아버지와 내가 앉아 있다. 나는 밥상을 펴놓고 책을 보고 있었다. 가난하고 초라하며 외풍이 센 방. 그것을 온몸 으로 느꼈을 지도 모르는 네 살짜리 아이는 엄마가 없는 그 방에서 뭔가 부글부글 끓어올랐나 보다. 갑자기 책을 읽던 상을 엎었다. 곁에 있던 아 버지는 다짜고짜 아이를 때렸다.

이제 와서 나는 그 이야기를 이렇게 정리한다. 네 살짜리 아이는 갑갑했고 우울했다, 뭔가 소리와 말이 필요했다, 공기를 휘저을 뭔가가 필요했다, 그래서 상이라도 엎은 거다. 그런데 역시 아내가 없고 가난하고 미래가 절 망적이었던 삼십대 초반의 남자도 뭔가 휘두를 것이 필요했던 거다. 그때 버릇없는 네 살 딸을 교육한다는 것은 좋은 명분이었던 거다.

그 다음 기억이 또 있다. 그건 좀 쑥스러운데, 내가 아버지에게 안겨 있었 다는 거다. 아버지는 나를 안고 자장가 같은 걸 불러줬던 것 같은데, 왜 그것만 생각하면 이렇게 민망하고 소름이 끼칠까. 언젠가 읽은 책에서 보니, 아버지와 딸 사이에는 이상한 이성 심리가 있다는데, 뭐 그런 건가. 아니면 아버지가 일찍 죽어서 부녀간의 자연스러운 관계가 만들어지지 않아서 그런가. 나는 그때의 아버지를 이해하고 동정한다. 무엇보다 아버지는 마흔도 안 돼서 죽었다. 내가 마흔이 되면 아버지를 더 잘 이해할 수 있을 것이다. 그때의 아버지는 나보다 나이가 더 적을 테니까.

야단을 맞고 자기만의 장소를 찾아서 생각에 잠긴 아이처럼 보인다.

이럴 때 아이는 부쩍 큰다.

나름의 철학적 사색을 하는 것이다.
부모님을 원망하는 것도 아니고, 세상을 한탄하는 것은 더더욱 아니고,
아이는 다만 자기 자신에 관해 생각하게 된다.

– 윌리엄 아돌프 부게로,〈절벽 기슭에서〉, 1886

6

"하영아."

방수민은 어느새 벤치에 앉아 있지 않고 바닥에 쪼그리고 앉아 나뭇가지로 땅에 낙서를 하고 있었다. 방수민이 연극을 보면서 운 이유를 알 것 같았다. 방수민은 여자 같은 애였다. 나는 여자 같은 남자가 조금은 싫었다.

"또 왜?"
"너는 너무 도도한 것 같애."
"뭐?"

얘가 그날따라 사람을 너무 당황하게 했다. 꽃다발을 주지 않나, 집에 찾아오지 않나, 나더러 예쁘다고 하지 않나, 게다가 도도하다고까지 말하고.

"너, 도도한 게 뭔지나 아냐?"
"좋은 뜻이잖아."

방수민은 정말 바보였다. 구체적으로 무슨 뜻인지 알아야지, 그냥 좋은 뜻이라고 하면 그게 아는 건가? 아무것도 모르는 방수민에게 대꾸하고 싶은 마음이 없었다. 사실, 나도 도도하다는 것이 무슨 뜻인지 정확히 모르기도 했다. 잘난 체한다는 뜻인 것 같은데, 그렇게 뜻풀이를 하면 별로 안 좋은 의미인 것 같기도 하고, 하지만 나 또한 도도하다는 것이 어쩐지 좋게 느껴졌다. 일종의 칭찬 같았다.

"근데, 너, 집에는 말하고 나왔냐?"
"응. 나, 이 아파트 살아."

그럼 방수민은 나를 자기 동네로 데리고 온 것이다. 나는 집에서 멀리 떨어져 왔고, 자신은 자기 영역에서 안전하게 넋 놓고 있는 것이다. 자존심이 상하려고 했다. 하지만 자존심 상하다고 여기는 것만큼 자존심 상하는 일도 없었다. 자존심이 상하기 전에 되받아쳐야 했다.

"나, 갈래."
"내가 데려다 줄게."
"니가 어른이냐? 데려다 주게?"
"우리, 다 컸잖아."
"야, 자기가 다 컸다고 하는 애 중에 다 큰 애 못 봤다."
"어쨌든, 내가 데려다 줄게."

조금 마음이 누그러졌다. 이 아이는 적어도 나를 대접하고 있었던 것이다. 하지만 데려다 주겠다고 해 놓고선 방수민은 계속 쭈그려 앉아서 동그라미 같은 것만 그리고 있었다.

나는 할 일도 없고 해서 고개를 들어 놀이터 주변을 둘러보았다. 그냥 놀이터인 줄 알았는데 공원이었다. 조각 같은 것도 있고 분수도 있었다. 아파트 색깔도 밝은 계란색에, 떠오르는 태양 그림도 그려져 있었다. 아파트마다 베란다 같은 것도 있었을 거고, 엘리베이터도 있었을 거다.

초록색 페인트가 희끗희끗 벗겨진 우리집과는 차원이 달랐을 것이다. 방수민이 우리집을 보면 어떻게 생각할까? 주인집 마당을 거슬러 쪽문을 열면 부엌이 먼저 나오고 긴 부엌에 나란히 방으로 들어가는 문이 있는 집을 방수민은 본 적도, 상상한 적도 없을 것이다. 부엌이라고 했지만 우리는 그 부엌이라고 부르는 곳에서 세수도 하고 목욕도 하고 빨래도 했다. 엄마는 부엌이 넓어서 참 좋다고도 말했다. 여동생은 방이 두 개라서 좋다고 했다. 언니와 자기가 한 방을 쓸 수 있어서 좋다고도 했는데, 아마도 그 말은 남동생과 따로 있을 수 있어서 좋다는 뜻이었을 거다.

소녀는 어느 날 갑자기 자란다.
초경이 시작되면 소녀는
두려움과 설렘을 동시에 느낀다.
그리고 자신이 어디를 향해야 하는지도
조금씩 알게 된다.
이상적 자아(ideal ego)를 갖게 된다.

그러면서 점차 현재의 자아도 사랑하게 된다.

화가가 소녀와 배경의 색을 유사한 톤으로
표현한 이유도 이 소녀와 세계가
서로 조응함을 말하고 싶었기 때문일 것이다.
하나의 색감으로 그려진 이 작품에서
세상이 이 소녀를 소외시키지 않고
품어줄 것이라는 믿음이 읽힌다.

- 조르자 오 아드비데스, 《들판의 소녀》, 1895

7

"하영아, 하영아아."

고요한 어둠을 뚫고 가느다랗게 내 이름을 부르는 소리가 들렸다. 엄마였다. 나는 어느 방향에서 목소리가 들리는지도 모르겠고 주위가 너무 고요해서 "으응-"이라고 대답할 용기가 나지 않았다. 다만 벤치에서 벌떡 일어났다. 쭈그려 앉아 있던 방수민도 일어나면서 휘청거렸다. 너무 오래 앉아 있었던 거다.

"하영아아."

엄마의 목소리는 아파트 입구 쪽에서 들렸다. 나는 그 와중에도 방수민에게 작별인사를 했다.

"우리 엄마다. 나 갈게. 안 데려다 줘도 된다."

방수민은 멍청히 그냥 서 있었다. 나는 아파트 입구 쪽으로 갔다. 비로소 "엄마"라고 부르면서.

"엄마!"
"아이고, 하영아."

"엄마."

"어데 있었노? 와 여게 있노?"

"어어, 누가 좀 보자 해서."

"누구랑 있었는데?"

"엄만 몰라도 된다."

"나쁜 친구 아니제?"

"어, 아니다."

"그래, 피아노는 잘 쳤나?"

"응, 잘 쳤지. 내가 제일 잘 쳤다."

나는 〈터키행진곡〉이 얼마나 빠르며 경쾌한지, 내가 얼마나 박자를 제대로 맞췄는지, 너무 빠르지도 않고, 느슨하지도 않게, 정확히 손가락을 작은 파도처럼 움직였는지 얘기했다.

"옷은 우쨌대?"

"옷도 괜찮았다."

나는 그래도 그 옷이 분홍색이라서 개성 있었다고, 내가 제일 튀었다고, 라는 말까진 하지 않았다. 너무 거짓말을 하면 나와 엄마가 더 초라해질 것이 뻔했다. 솔직하게 말했다. 그냥 괜찮은 정도였다고.

"다른 엄마들은 다 왔더나?"

"아니, 안 온 엄마도 있더라. 엄마, 나, 화장도 했다. 어떤 아줌마가 해 주더라."

"그래, 안 이상하더나?"

"좀 이상하더라. 다음엔 엄마가 해 줘, 예쁘게. 저번에 연극할 땐 엄마가 해 줬잖아."

"그래, 다음엔 엄마가 꼭 갈게."

집에 오니 동생들도 울고 있었다. 자기들이 뭘 안다고 저렇게 울고 있을까 싶었지만, 곧 알아 버렸다. 동생들은 누군가 없어지는 것에 대한 두려움을 본능적으로 느끼고 있었던 것이다. 아버지가 이미 없어졌는데, 언니도 없어지고, 언니를 찾으러 간 엄마도 없어졌으니 불안하고 무서웠던 것이다. 그 어린 동생들이 부담스럽고 사랑스러웠다.

나는 그날 부쩍 커 버린 것 같았다. 그리고 방수민에게 감사했다. 나는 열두 살이 겪어야 할 일을 그날 방수민 때문에 다 겪었다. 사춘기에 자연스럽게 진입한 것이다. 방수민이 아니었다면 사춘기를 그토록 낭만적으로 보내진 못했을 것이다.

나는 사춘기 시절 내내 방수민과의 일들을 이리저리 상상해 가며 이야기를 만들면서 보냈다. 심심하지 않았고, 그 때문에 여드름 잔뜩 난 남자애들을 쳐다보지 않아도 됐고, 방수민이 말한 대로 도도한 여학생으로 지낼 수 있었다. 무엇보다 방수민은 다시 서울로 전학을 갔다. 지나고 보면 고마운 일이다. 그렇지 않았다면 나는 방수민의 뒤뚱거리는 걸음이 싫어서 견딜 수 없었을 것이다. 낭만적인 상상도 없었을 것이고, 이야기는 결코 만들어지지 않았을 것이다.

그 분홍색 드레스는 결국 생긴 대로, 예상대로 나중에 베갯잇이 되었다. 나는 그 베개를 베고 자면서 〈터키행진곡〉을 생각했고, 빗속에서 씩씩하게 걷던 내 모습을 떠올렸고, 방수민이 내게 건넨 꽃다발과 '도도하다'는 말을 상기했다. 하지만 그 다음엔 곧바로 그 아이의 뒤뚱거리는 걸음을 떠올리고 고개를 젓곤 했다.

소녀의 좌우로 촛불이 켜져 있다.

촛불을 켜고 피아노를 치는 소녀는 꿈을 꾸고 있는 것이다.

철학자 가스통 바슐라르의 말대로 촛불은 그야말로 '몽상'이기 때문이다.

꿈을 꾸는 소녀에겐 시간이란 게 흐르지 않는다.

현재와 미래가 함께 공존해 있다. 지금 피아노를 치고 있는 이 소녀에게도

이미 미래가 도래해 있을 것이다.

어른이 되어 회상해 보면, 우리의 소녀 시절은 지금과 크게 다르지 않았다.

어쩌면 우리는 소녀 시절에 이미 지금의 우리를 만나고 있었을지도 모른다.

그러했기 때문에 더 꿈꿀 수 있었고, 그 속에서 더 견딜 수 있었을 것이다.

소녀 시절의 꿈과 몽상은 미래와 통하는 웜홀이었던 셈이다.

– 폴 프리스 니보, 〈피아노 치는 소녀〉, 1929

미자의 레스토랑

인생을 살아가는 데에는 두 가지 방식만이 있는데,
하나는, 기적이 어디에도 없다고 보는 것이고,
다른 하나는 모든 것이 기적이라고 보는 것이다.

― 아인슈타인

1

남자도 운다. 울음을 참으면서 울기에 그냥 울 때보다 두 배의 에너지를 필요로 한다. 재복은 그렇게 울음을 참으며 울다가 탈장이 왔다. 어제 탈장 수술을 했다.

미자는 차를 몰고 재복이 입원한 병원으로 향하고 있었다. 자주 지나다니는 길이었지만 이 길이 병원으로 가는 길이었다는 생각은 한 적이 없었다. 그저 풍경으로만 있었던 대학 병원 건물 속에 재복이 입원해 있다는 생각을 하니 이 길은 온전히 병원을 향한 길처럼 느껴졌다.

재복은 미자와 주말부부처럼 일주일에 한 번 정도 만나던 사이다. 둘이 만나서 땅을 보러 다니기도 했고, 밥 먹을 사람 없을 때 같이 식당을 찾기도 했다. 싸울 일이 있으면 함께 싸웠고, 술을 마셔야만 하는 일이 있으면 누구보다 자주 성실하게 술을 마셔 주는 관계였다. 재복은 미자를 형님이라고 불렀다.

처음엔 미자의 남편이 재복에게 형님이었다. 재복은 미자 남편이 살아 있을 때 자주 집에 놀러 왔었다. 그때도 재복은 미자를 형님이라고 불렀다. 미자는 남자 같은 구석이 있었다. 남편이 죽자 그녀는 더욱 더 여성스러울 수가 없었다. 자신이 여자라는 것이 불편했다. 부동산을 하고 있으니 더욱 그랬다. 남편이 살아 있을 때 어깨너머로 배워온 중개업 일을 사별 후 미자는 본격적으로 해야 했다. 딸도 키워야 했고 자신도 먹고 살아야 했다. 하지만 그 때문에 재복과 더 각별한 사이가 된 것은 아니었다.

이혼이 화근이었다. 재복의 마누라가 도박을 했는데 빚에 쫓겨 결국 재복은 이혼을 할 수밖에 없었다. 처음엔 그저 법적 이혼이었다. 재복이 마누라의 빚을 넘겨받지 않기 위해 한 이혼이었던 것이다. 그런데 그 마누라가 이혼한 김에 아예 다른 남자와 눈이 맞아 버렸다. 베트남에서 온 이주노동자였다.

"여자의 모성애 때문이래요, 형님."

재복은 절망한 듯 미자에게 말했다. 하지만 곧바로 돌변해서 주먹을 움켜쥐었다.

"고발해 버릴까요?"
"불법 노동자야?"
"몰라요. 하지만 생긴 건 완전 불법이에요."

그렇게 말했지만 재복은 둘이 함께 있는 반지하 단칸방 문을 확 열고 남자의 멱살을 먼저 잡은 후 "잘 살아야 돼"라고 말했단다. 그리고 봉투에 이백만 원을 넣어서 방바닥에 던져 주었단다. 재복에게 이백만 원은 적은 돈이 아니었다.

　　"어쩔 수 없었단 말입니다."
　　"……."
　　"형님, 그 냄새 아시지요? 남녀가 왜 열심히 붙어먹을 때 방에 가득 차는 그 아련하고 아득한 냄새요."

재복의 얼굴은 처참하게 일그러졌다.

　　"신혼 때 나던 그 냄새가 나더란 말입니다. 그 연놈이 매일 그렇게 뒹구는가 봐요. 그렇게 둘이 붙어서 시도 때도 없이 그 짓을 하는데 어떻게 떼 놓겠어요? 그게 사랑이잖아요."

미자는 재복의 말에서 '사랑'이라는 말이 튀어나와 좀 놀랐다. 연놈이 시도 때도 없이 그 짓을 한다는 말을 순화하면, 남녀가 서로의 몸을 갈망하는 것이라고 할 수 있을 터인데, 맞다, 그것이 사랑이다.

미자는 사는 게 참 장애물 경기 같다고 생각했다. 재복은 한 장애물을 넘었는데 다음 장애물을 만났다. 그리고 그 장애물을 넘지 않고 옆으로 돌아갔다. 살다 보면 장애물을 넘지 않아야 되는 때가 있다. 그게 반칙이고, 그렇게 해서 실격을 당하더라도, 오히려 실격을 당하기 위해 그래야 하는 때가 있는 것이다.

재복은 언젠가 그런 말을 한 적이 있었다, 자기가 마누라를 안고 있을 때 가장 자기 자신 같다고. 그런데 얼마 전에 술을 마시면서는 그랬다. "형님, 저는요, 요렇게 술 처먹고 눈물이 마구 날 때 말입니다, 그때가 진짜 나 같아요."

재복은 울었다. 미자는 재복이 우는 걸 한두 번 보는 건 아니었지만 이렇게 우는 게 자기 자신인 것 같다고 말하는 건 처음 들었다. 하지만 이제 탈장 수술까지 했으니 당분간 울지도 못할 것이다.

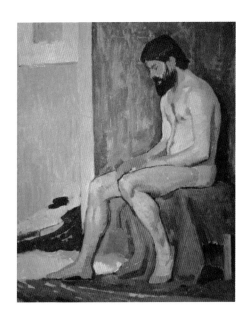

슬퍼하는 남자는 종종 아이 같이 보인다.
남자들은 슬픔에 가장 취약하다.
자신의 슬픔을 슬퍼하지 못하고 차라리 분노하는 남자들이 많다.
이런 남자들에게 필요한 것은 슬퍼하는 능력이다.

눈물을 줄줄 흘리라는 뜻이 아니다.
사실 남자의 눈물만큼 여자를 당혹스럽게 만드는 것은 없다.
남자의 슬픔에는 눈물을 참는 것까지 포함된다.
그래서 남자의 슬픔이 아름다운 것이다.

재복은 너무 울어서 탈장까지 왔다.
아름다운 모습은 아니다.
그러나 그는 충분히 이별의 애도를 했다.
재복은 분노와 슬픔의 단계를 다 거쳤으니 이제 새로운 삶을 살게 될 것이다.

– 로제 드 라 프레네, 《팔수염 기르는 남자》, 1910

2

"광수는 저녁 때 올 거야."

"그 자식은 안 와도 된다고 하세요."

재복과 광수는 동갑이다. 광수는 변호사였다. 재복은 자신을 사나이라고 했지만 한편으론 건달일 뿐이었다. 재복은 한 번도 제대로 된 직업을 가져 본 적이 없었다. 그래서 변호사인 광수가 불편했던 것이다.

"퇴원하면 한 잔해요, 형님."

재복은 그렇게 말했다. 귀엽기도 하고 한심하기도 해서 미자는 쓴웃음이 났다. 그게 좀 마음에 걸렸는지 재복은 뜬금없이 물었다. 제 딴에는 미자가 병문안 온 것에 대해 고맙다는 의미로 물었을 것이다.

"근데, 형님, 그 콜렉션은 잘 돼요?"

'그 콜렉션'이 아니라 '더 콜렉션'이었다. 미자는 레스토랑 이름에 '더 (the)'를 붙였다. 유일무이한 것에는 '더'를 붙인다고 인테리어 업자가 말했다. 미자도 그냥 '콜렉션'보다는 '더 콜렉션'이 더 좋을 것 같았다. '더'는 우리말로도 뭔가 더 좋다는 의미를 가지니까.

미자가 부동산을 접고 레스토랑을 열면서 이름을 '더 콜렉션'으로 정했다고 하니까 재복이 역시 한마디 했다.

　　"형님, 이름이 그대로네요. 부자부동산이나 콜렉션이나, 같은 거잖아요?"

미자는 무슨 말인가 싶어 재복을 쳐다봤다.

　　"맞잖아요, 부자도 돈 모으는 거고, 콜렉션도 모은다는 뜻이잖아요"

"너도 영어 좀 하는구나"라고 했지만 별로 듣기 좋은 말은 아니었다.

부동산에서 레스토랑으로 전업을 하면서 '콜렉션'이란 상호도 미자가 생각해 낸 것이었다. 재복의 말대로, 미자는 뭐든 모으려는 사람인지도 모른다는 생각이 들었다. 다시 말해, 한번 가지면 놓으려고 하지 않는 것이 자신의 본성인지도 모른다고 생각했다.

미자는 부동산을 해서 돈을 제법 벌었다. 부동산중개업을 하다 보니 땅을 많이 보러 다닐 수밖에 없었고 그때 맘에 드는 땅을 샀다. 남들이 그땅을 왜 사느냐 말하는 땅이 대부분이었는데 미자는 그 땅으로 돈을 벌었다. 소 뒷걸음하다가 횡재한 셈이었다.

저절로 땅이 비싸게 팔린 것은 아니었다. 미자는 그 황폐한 땅을 다시 만들었다. 거의 10년 동안이나 했던 일이다. 미자는 부동산 사무실과 땅을 왔다 갔다 하며 토목공사와 부동산 중개업을 같이 했었다. 모르는 사람들은 미자에게 돈독이 올랐다 했지만 사실 그게 아니었다. 마음 붙일 곳이 없었다. 그래서 미자는 자기처럼 버려진 땅에 마음을 두었다. 동병상련이었다. 그 땅에 허름한 중고 콘테이너 박스를 놓고 누워 있으면 마음이 편했다.

다른 부동산 업자들이 주로 하는 경매는 하지 않았다. 그건 어쩐지 내키지 않았다. 눈치 보고 넘겨짚고, 그렇게 긴장을 견디는 것이 싫었다. 땅은 긴장으로 얻어지는 게 아니었다.

　　"그럼, 부동산 개발 사업가세요?"

사진 동호회 모임에서 만난 어떤 멋진 남자가 그렇게 말했다. 미자는 그 말이 너무 좋았다. 그러니까 땅을 파고 뒤집고 개울을 매우고 돌을 쌓고 했던 것이 부동산 개발 사업이었던 거다. 그 말대로라면 미자는 부동산 개발 사업가에서 레스토랑 오너가 된 것이었다.

사진은 1년 전부터 배우기 시작했다. 미자는 어느 날 사진 동호회에서 출사를 마친 다음 레스토랑에 가게 됐다. 좋은 음식 하면 고기와 회밖에 없다고 생각했던 미자는 레스토랑이란 장소가 근사하게 여겨졌다. 자신도 이런 것을 하나 갖고 싶었다. 게다가 그 레스토랑엔 군데군데 작품 사진이 전시돼 있었다. 저거다, 싶었다. 미자는 레스토랑을 차려 자기가 찍은 사진을 걸어두고 싶었다.

백세시대라고 하는데 나이 오십이 넘어서 계속 부동산업자일 수는 없었다. 다른 일을 하고 싶었다. 레스토랑에 사진 작업실도 하나 차렸다. 기왕하는 거 제대로 하자 싶었다. 그러면 전혀 다른 삶을 살 수 있을 것 같았다. 미자는 정말로 다른 인생, 제2의 인생을 살고 싶었다. 부동산 노인네가 될 수도 있었던 자신이 카메라를 든 레스토랑 오너가 되는 것은 결코 어려운 일이 아니었다.

여장부 같지만 얼굴에는 수줍어하는 기색이 있다.
여장부는 초자아가 만드는 강박관념이기도 하다.
강해지지 않으면 안 되는 상황이 그녀를 여장부로 만드는 것이다.

초자아가 강한 삶은 고단하다.

늘 자기 자신을 다그치고 어떤 틀에 넣으려고 한다.
무의식이 보내는 욕망 따위는 누를 수밖에 없다.
하지만 그러는 사이 더 외로워지고 더 두려워진다.
겉으로 여장부로 보이는 여자들이 오히려 더 따뜻한 사랑을 바란다.

사람들이 자신을 두고 여장부라고 한다면 자신의 초자아를 들여다봐야 한다.
자칫 비대하게 커진 초자아 때문에 마음이 병들어 있을지도 모른다.
초자아는 늘 조금이라도 삶이 흐트러지면 자신을 벌하기 때문이다.

언젠가 이런 마음의 병은 우울증으로 찾아오기도 한다.
그 전에, 자신에게 좀 더 관대할 필요가 있다.

'인생 뭐 별 거 있나'라는 생각으로 생의 실험을 감행해 볼 수도 있을 것이다.

– 니콜라이 카사트킨, 〈여자 광부〉, 1894

병원에서 나와 다시 레스토랑으로 향했다. 곧 점심시간이다. 점심 때 레스토랑 풍경은 그야말로 아늑하다. 장식을 많이 하지 않았던 것이 탁월한 결정이었던 것 같다. 너무 많은 데커레이션은 먼지만 앉게 하고 청소만 어렵게 할 뿐만 아니라 진짜 안목 있는 사람들이 봤을 때 천박할 거라고 인테리어 업자가 말했다. 미자의 생각도 그랬다.

음악도 중요했다. 미자는 음악에 대해서 잘 몰랐지만 너무 시끄러운 음악은 자기 자신이 먼저 불편했다. 조용하고 편안한 음악이 '더 콜렉션'과 잘 어울릴 것이라고, 실은, 윤셰프가 말했다.

윤셰프는 '더 콜렉션'의 요리사다. 미자는 요리사들의 이력서를 받았을 때 정말 그들의 학력이 쟁쟁하다는 것을 알게 됐다. 대부분 외국에서 유학한 사람들이었다. 당연히 월급도 각오해야 했다.

윤셰프도 미국 존슨앤웨일즈 대학에서 요리와 레스토랑 경영을 공부했다고 했다. 여기서 경력을 쌓고 자기 레스토랑을 개업하고 싶다고 했다. 그는 프렌치와 이탈리안을 섞은 분위기와 음식을 좋아한다고 했다. 그리고 그것이 한국인이 가장 좋아하는 것이라고 했다. 그리고 음식은 무조건 맛있어야 한다고 주장했는데 바로 그 점에 반해 미자는 윤셰프를 뽑았다. 멋과 아우라, 예술, 그런 걸 강조하는 이들은 다 탈락시켰다. 개중엔 요리의 진리를 운운하는 녀석도 있었다. 그에 비하면 맛있어야 한다는 윤셰프의 주장이 더 진리였다.

윤셰프의 본명은 '윤일봉'이었다. 미자는 '윤일봉'이 '윤셰프'로 탈바꿈하는 것이 신기했다. 한편으론 윤일봉이 자기 이름을 항상 노출시켜야 하는 직업을 가지지 않은 것이 얼마나 다행이라고 생각할까 싶었다. 하지만 윤셰프는 그런 것에 개의치 않는 것 같았다. 그는 자신의 풀 네임을 묻는 외국인의 질문에 '이일보웅륭'이라는 식으로 혀를 굴리고 목젖을 울려 멋진 외국인 이름처럼 발음할 줄 알았다.

윤셰프는 레스토랑의 정체성을 브래서리로 하면 어떻겠냐고 했다. 미자로서는 처음 듣는 말이었다. 윤셰프는 그 표정을 알아차렸는지 은근히 이렇게 알렸다.

　"별로 안 비싼 프랑스풍 식당은 손님들 취향에도 맞을 거예요."

그러니까 브래서리는 '별로 안 비싼 프랑스풍 식당'이었던 것이다. 윤셰프는 미자가 모르는 것을, 모른다는 것을 지적하면서 설명하지 않고, 은근슬쩍 정보를 흘려주었던 것이다.

윤셰프는 음식이 양이 너무 많으면 안 된다고 했다. 그럼 사람들은 '맛있다'는 생각보다 '배부르다'라는 생각을 하게 되고 이곳에 대한 기억은 그만큼 약화된다는 거다. '맛있다'라고 생각해야 이곳에 오고 싶다는 욕망이 커진다나? 그러면서 양을 많이 원하는 사람들을 위해서는 '꼽빼기'를 준비하면 된다고 말했다. 꼽빼기라니, 꼽빼기라면 윤일봉이라는 중국집 요리사가 할 법한 말이다. 그런데 윤셰프는 정확히 '꼽빼기'라고 발음했다.

우리가 간혹 맛있는 밥집을 뒤로 하고
취향에 안 맞는 레스토랑을 찾는 것은 '밥'이 아니라 '말'이 더 고플 때이다.
레스토랑의 가벼운 음악과 별 쓸모없이 보이는 인테리어는
우리에게서 쓸데없는 말을 이끌어낸다.
우리는 간혹 이 쓸데없는 말을 흘리고 싶어서 레스토랑을 찾는다.

허영도 따른다.
레스토랑에서 우리는 자신을 전시하고 또한 전시돼 있는 타인을 구경한다.
하지만 그것은 레스토랑에 있을 때뿐이다.

우리는 잠시의 그 허영을 즐긴 후
다시 자기 자신의 세계로 돌아가게 된다.

- 존 슬론, 〈랭가네의 토요일 밤〉, 1912

4

레스토랑 좌우엔 철물점과 부동산이 각각 있었다. 레스토랑이 아니라 가정식 백반이나 파전에 막걸리를 파는 집이 들어설 법한 곳이었다. 그런데 '더 콜렉션'이라는 레스토랑이라니. 이름도 웃기다며 지나가는 사람들은 한마디씩 했다.

처음엔 레스토랑 바깥에 테라스도 두려고 했지만 테라스에서 부동산이나 철물점을 본다고 생각하니 그 아이디어를 접을 수밖에 없었다. 미자로선 철물점은 그래도 괜찮았다. 부동산은 좀 신경이 쓰였다. 부동산 이름이 '대박부동산'이었는데, 어쩔 수 없이 얼마 전 문 닫은 자신의 '부자부동산'을 떠올리게 했다. 전직을 떠올리게 하는 '대박부동산'이 좀 거슬렸지만 어쩔 수 없는 일이었다. 다행히도 대박부동산은 지금 영업중이 아니었다. 곧 다른 업종이 들어온다는 얘기가 있었다.

레스토랑이 자리 잡은 곳은 3층 건물이었다. 미자는 1층을 레스토랑, 2층을 집으로 하고 싶었는데, 2층이 비워지지 않았다. 2층은 변호사 사무실이었는데, 법원에서 한참 떨어진 곳에 있는, 뜬금없는 변호사 사무실이었다. 고객도 없어 보였다. 그런데도 그 변호사는 주구장창 사무실을 지키고 있는 듯했다. 한번은 자신을 '이혼 전문 변호사'라고 했다. 이혼에 대해 전문이 아니라, 자신이 이혼을 해서라고 했다. 그걸 유머라고 했다. 사무실 안에 들어가니 마치 70년대 인쇄소 같은 분위기였다. 옛날에나

유행했던 희끄무레한 사무실용 책상에, 철제 캐비닛과 책꽂이, 컴퓨터도 10년 이상은 된 듯 보이는, 정말로 시대에 뒤처지는 전형적인 공간 같았다. 그 변호사의 이름이 공광수였다. 그리고 광수는 '더 콜렉션'의 단골이 되었고 자연스럽게 미자와 친한 재복과도 안면을 트게 된 것이었다.

광수는 고등학교 때 밴드를 했다고 말했다. 원래 남자가 밴드를 하는 목적은 여자에게 잘 보이고 싶기 때문인데, 보컬이나 기타리스트에게게만 관심이 쏠리더란다. 자기는 노래도 못하고 기타도 못 치고 겨우 한다는 것이 드럼 정도였단다. 그것도 밴드에 들어가서 가장 빨리 배울 수 있는 것이 드럼이라서 그걸 선택했는데, 여자애들은 멜로디도 없이 두들기기만 하는 드럼은 좋아하지 않더란다. 그래서 기타를 배우기 시작했고, 손가락이 뜯겨 나갈 정도로 열심히 했단다. 계속 음악을 하고 싶었지만 부모님이 반대했고, 그래서 자신이 음악을 할 수 있는 유일한 길은 법대에 가는 것밖에 없다고 생각했단다.

"음악을 할 수 있는 방법은 법대에 가는 길밖에 없었단 말입니다. 그런데 그게 끝이 아니었어요. 법대에 가서 음악을 하면 된다고 생각했는데, 부모님이 또 반대하시는 겁니다. 그래서 전략을 바꾸었죠. 음악을 계속 하기 위해 사법고시에 붙자. 그렇게 해서 대학교 3학년 때 사법고시에 패스했어요."

"그래, 법과 음악, 둘 다 잡았어?"

"그럼요, 둘 다 잡았죠. 근데요, 그러다 보니 둘 다 제대로 안 됐어요."

미자는 광수의 너스레가 좋았다. 오랜 지기인 재복도 좋았지만 광수가 실은 더 쓸모 있었다. 재복은 운전을 못해서 어디를 가든, 얼마나 멀리 가든 미자 혼자서 운전을 해야 했다. 노래를 잘 부를 줄도 몰라서 노래방에 가면 노래를 못하는 미자와 재복은 둘 다 별 감흥 없이 시간만 보내야 했다. 그러나 광수는 운전도 하고 노래도 잘했다. 본인은 노래를 못해서 가수는 못 되었다지만 미자가 듣기에 그의 목소리는 김광석을 떠올리게 했다. 미자는 김광석이 좋았다. 그 어린 녀석이 일찍 죽지만 않았더라면, 친구라도 삼고 싶을 정도였다. '너무 아픈 사랑은 사랑이 아니었음을'이라는 가사만 들어도 미자는 죽은 남편이 생각났다. '다시 못 올 그 먼 길을 어찌 혼자 가려 하오'라는 가사가 있는 〈어느 60대 노부부 이야기〉를 들으면 남편과 함께하지 못할 60대가 떠올라 가슴이 아팠다.

어렸을 적 이루지 못한 꿈은 종종 콤플렉스가 되어 우리를 힘들게 한다.

그렇다고 그 콤플렉스를 버려야 하는 것은 아니다.

오히려 그 콤플렉스를 이용해 더 잘 살 수 있다.

광수가 이루지 못한 음악에 대한 꿈 때문에 인생이 더 풍요로워진 것처럼 말이다.

- 조지 벤자민 룩스, 〈아마추어〉, 1899

5

미자의 남편은 골수암으로 죽었다. 골수암 진단을 받고 3개월만이었다. 병을 진단받고 그렇게 빨리 죽을 수 있다는 것을 미자는 몰랐다. 모름지기 병이란 가산을 탕진하고 가족을 피폐하게 만들고 끝나는 것이라고 생각했었다. 아버지가 그랬다. 그런데 남편은 아무도 지치게 하지 않았다. 그냥 혼자서 아프다가 죽었다.

골수 이식이 가능한 사람을 백방으로 찾았었다. 골수를 당장 빼달라는 것도 아닌데 친척들은 일치 여부를 확인하는 검사도 받지 않으려고 했다. 남편은 하나밖에 없는 딸과도 골수가 일치하지 않았다. 죽을 때 그는 웃었다.

"그래도 당신이 씩씩한 여자라서 다행이야"라고 남편은 말했다.

   "그 말밖에 할 게 없어?"

미자는 그 말이 뭘 뜻하는지 알았지만 죽는 순간까지 그런 말밖에 하지 않는 남편에게 서운했다. 남편에게 서운해 하는 자신이 아직 남편의 죽음을 실감하지 못하고 있음도 깨달았다. 그 실감은 끝내 오지 않으리라는 것도 예감했다.
10년 전, 미자가 마흔 살 때였다. 그때 딸아이는 열세 살이었다. 딸은 혼자서도 무럭무럭 컸다. 아버지가 일찍 죽으니 아이는 더 일찍 성숙했다. 혼자서 밥 해 먹고, 엄마 밥도 챙겼다. 미자가 땅을 사고, 땅을 일구고, 다시 그 땅을 되파는 것에 푹 빠져 있는 동안 딸은 시험을 치고 생리를 시작하고 대학에 들어갔다. 이제 벌써 대학 3학년이다. 공부도 잘해서 서울에 있는 대학에 갔다. 남자친구도 있다고 했다. 다 키운 것이다. 미자가 레스토랑을 시작한다고 했을 때 가장 좋아했던 사람도 딸아이였다.

레스토랑에서 광수가 점심을 먹고 있었다. 오늘도 와인 한 잔과 알리오 올리오였다. 광수는 거의 날마다 밀가루에 올리브오일, 와인을 섞어 점심으로 먹는 셈이었다.

"재복인 지금 형편없죠? 안 그래도 꼴이 말이 아닌 놈이."
"넌 그게 그렇게 맛있냐? 매일 그 기름에 만 밀가루가 먹고 싶냐?"
"그래도 이 조합이 끝내 줍니다. 단순하고 소박하고. 근데 사실 기름기가 아주 많단 말입니다."
"재복이한테는 나중에 저녁에 가 봐."
"안 갑니다. 여자 때문에 정 빠지는 놈은 못 봐요."
"여자가 아니라 마누라 때문이지."
"그러게요, 그놈은 마누라를 어떻게 여자로 볼 수 있대요?"

광수는 이혼 전문 변호사답게 결혼제도를 달갑게 생각하지 않았다. 자신은 결혼제도의 부조리 때문에 먹고 산다고 했다. 자신이 이혼을 원만하게 마무리 짓는 것이야말로 이 시대 남녀 문제에 대한 1인 시위이자 조용한 게릴라전이라고 했다. 자기 자신 또한 완벽하게 이혼을 했으니 자기야말로 그 일을 할 자격이 충분한 사람이라고도 했다.

"재복이 퇴원하면 기념으로 한 잔 하죠, 뭐."
"둘이 똑같구나."

미자는 주방으로 갔다. 윤일봉은 현란하게 팔목을 굴리면서 파스타를 만들고 있었다. 미자는 그 손목에서 확실히 젊음이 느껴졌다. 젊음은 무조건 강한 것이 아니었다. 부드러운 것이기도 했다. 늙으면 부드러움이 사라지고 뻣뻣해지는 법이니까, 몸도 마음도.

"나, 라면 좀 끓여 먹어도 되지?"
"제가 끓여 드릴게요."
"윤셰프는 바쁘잖아."
"그래도 제가 제일 잘 끓이잖아요."

일봉은 간혹 주방에서 가정식 백반도 차려 줬다. 자기 집에서 담근 김치를 늘 냉장고에 넣어 두었다. 미자는 재복과 광수, 일봉과 함께 레스토랑 영업이 끝나면 김치와 막걸리를 홀에서 마시곤 했다. 그때 광수가 노래를 불러 줬고 미자는 잊었던 남편을 새삼 떠올리기도 했다.

여자는 아기를 안고, 남자는 여자를 안고 있다.
미자는 평생 이렇게 살고자 했을 것이다.
사회학자, 심리학자, 철학자 등등이 가족제도의 불합리함을 이야기하지만
인간의 오나콤플렉스는 가족과 같은 형태를 욕망하게 만든다.

가족이 늘 평온함과 따뜻함을 주는 것은 아니다.
치열하게 싸울 때도 있다.
무엇보다 부부는 이 '싸움'을 잘 해야 한다.

결혼생활을 재미있고 의미 있게 만드는 것은
어떻게 서로를 아껴주느냐에 달려 있는 것이 아니라,
어떻게 싸우느냐, 그 싸움에 대해 어떻게 사후처리하느냐에 달려 있다.
그러니 저 젊은 부부도 실은 아주 잘 싸웠기 때문에 저토록 다정할 수 있는 것이다.

– 찰스 호돈, 〈가족〉, 1915

6

재복 퇴원 기념으로 모두 레스토랑에 모였다. 광수는 또 고등학교 때 밴드 얘기를 하다가, 여자 얘기로 넘어가다가, 갑자기 미자를 보며 진지하게 말했다.

"형님, 우리 프로젝트 하나 할까요?"

셋 다 만취 상태였다.

"프로젝트가 다 뭐냐?"
"우리 밴드 결성할까요?"
"다 늙어 머리도 없는 주제에 무슨 밴드를 하냐?"

재복이었다. 광수는 재복의 말을 들은 척도 하지 않았다.

"인생, 뭐 있어요? 재밌게 살아야지요."

밴드는 결성되지 않았다. 미자는 다룰 줄 아는 악기도 없었고 노래도 못했다. 일봉은 얼굴만 잘생기고 요리만 잘했지 음치였다. 재복은 애초에 광수의 계획에 들어 있지 않았다. 그러니 가능한 것은 광수의 일인밴드 뿐이었다.

광수는 머리를 긁적이며 말했다.

"그럼 제가 혼자 해도 될까요?"

미자는 레스토랑에 광수의 무대를 만들어줬다. 매주 화요일과 금요일, 저녁 8시부터 광수의 공연이 있었다. 광수는 정말로 일인 퍼포먼스를 했다. 기타도 치고 노래도 부르고 간혹 키보드도 두드렸다. 녀석은 정말 음악에 관해서라면 못 하는 게 없어 보였다. 노래를 부르다가 간혹 말도 했는데, 그게 꼭 시 같았다.

"사랑은 가도 옛날은 남는 것입니다. 여러분. 사랑이란 게 지겨울 때가 있죠? 그건 여러분이 진정으로 사랑했다는 증거예요. 사랑은 다른 사랑으로 잊혀지는 겁니다. 그러니까 사랑으로 아픈 분들, 사랑을 하세요."

광수의 이런 말에 레스토랑은 일순 경건해지기까지 했다.

"저건 분명 유행가 가사일 거예요."

하지만 재복도 광수에게 감동한 것이 틀림없었다. 눈이 벌게져 있었다. 제 마누라를 생각하고 있었을 것이다. 남편을 잃은 과부의 슬픔은 미자가 제일 잘 알았다. 딴 놈에게 여자를 뺏긴 사내의 고통이 클까, 남편 죽어 혼자 된 과부의 고통이 클까, 미자는 잠깐 저울질을 했다.

레스토랑이 광수의 공연 때문에 더 잘 되는 건지 아닌지는 모르겠지만 확실히 광수의 변호사 사무실은 활기를 띠었다. 이혼을 하려는 여자들이 광수의 변호사 사무실을 찾아오는 것이었다. 레스토랑에서 광수의 공연을 보고 다음 날 그녀들은 너나없이 그의 사무실을 찾아왔다.

레스토랑 영업에 대해 제안하는 이는 광수만이 아니었다. 일봉은 더 했다. 그는 미자에게 요즘 트렌드에 맞게 홀에 큰 바를 두면 어떻겠느냐고도 말했다. 일봉은 흥분한 것 같았다. 미자가 이것도 좋고, 저것도 괜찮다 하니까 하늘 높은 줄 모르고 이것저것 막 들이댔다. 재미있는 레스토랑을 만들고 싶다고도 했고, 이런 말도 했다.

"좀 더 프라이빗하게 식사를 즐길 수 있는 공간을 만들고, 프라이빗 파티나 하우스 웨딩 같은 것도 할 수 있게 하면 어떨까요?"
"윤셰프, 그 영어 좀 안 쓰면 안 될까?"
"좀 더 은밀하게 식사하는 장소를 만들고, 몇 명 모여서 파티할 수 있는 공간을 만들자구요."

일봉은 덧붙였다.

"하우스 웨딩이 뭐 별 건가요? 요즘은 젊은 남녀들이 일종의 약혼식

개념으로 친구들 앞에서 언약식 같은 거 하잖아요. 그런 걸 할 수 있는 공간을 마련하는 거죠. 그럼 그 공간은 생일 파티 공간으로 쓸 수도 있구요. 아, 정말 좋겠다.”

그러면서 윤셰프는 돌연 윤일봉이 되어 예의 그 냉정한 표정을 버리고 뭔가를 뜨겁게 갈구하는 듯한 표정을 지었다. 그리고 연이어 다시 평정을 되찾고 사진 작업실을 차라리 DJ 부스로 하면 어떻겠냐고 해서 미자를 더 당황하게 했다.

사진 작업실은 레스토랑을 만들 때부터 아주 소중하게 생각했던 것이었다. 하지만 미자는 그 순간 자신이 작업실에 거의 들어가지 않았음을 깨달았다.

　“윤셰프, 나 곧 사진전 합니다. 그런 말 마세요.”
　“요즘 사진 안 찍으셨잖아요.”
　“내일 윤셰프부터 찍을 겁니다.”
　“저를요?”
　“그래요, 윤셰프만 한 모델도 없죠.”

일봉은 미자의 사진에는 별로 관심이 없는 것 같았다. 레스토랑을 어떻게 꾸려갈까에만 몰입했다.

"사장님, 그럼 앞으로 갤러리와 협업해 작품 전시도 하고 판매도 해요."

윤셰프에게 또 다른 계획이 생긴 것이다.

"형님, 저는요?"

재복이 자기 얼굴을 치켜들었다.

"너는 안 돼. 그 꼴로 무슨 모델이 되냐?"

광수가 핀잔이다.

"너도 마찬가지야. 너는 머리도 없는 게 사진이 되겠냐?"
"머리 아니거든. 머리카락이나 머리털이라고 해야지. 무식하게."
"머리도 없는 게 가수라고."

재복은 계속 '머리'라고 말하며 씩씩대고 있었다. '머리털'이라고 교정하는 것을 자존심 문제로 생각하는 것 같았다. 광수는 여전히 차분한 어조였다.

"난 머리털만 부족하지만, 넌 정말 머리가 없다."

"뭐?"

"이것 봐, 머리가 없으니까 이렇게 금방 흥분하는 거잖아."

드디어 광수가 미소까지 지었다.

"너, 머리 없는 놈이 얼마나 빠른지 한번 볼래?"

바로 그 말과 함께 재복이 테이블 위로 올라가 광수의 턱을 날렸다. 광수는 의자와 함께 뒤로 넘어가고 미자와 일봉이 놀라고 있는 사이 이미 광수는 흠씬 두들겨 맞은 듯한 얼굴을 하고 있었다. 몇 초 사이였다. 영화가 얼마나 느린지 이런 상황에서 분명히 알 수 있다. 영화에서는 오래오래 두들겨 패야 얼굴이 그나마 맞은 티가 나지만, 현실에서는 안 그렇다. 몇 초 맞았는데 광수의 얼굴은 말이 아니었다. 그럼에도 불구하고 변호사답게 한마디 했다.

"나, 앞으로 공연 어떻게 하냐?"

광수는 제 본업보다 부업을 더 걱정했다.

남자들의 싸움에는 동물적인 그 무언가가 있다.

특히나 다른 매체가 전혀 없이 몸으로만 싸울 때에는 더욱 그러하다.
남자들은 이 몸싸움을 통해서 때로는 유대감도 쌓고 서열도 만든다.
그리고 이 서열에 의한 유대감은 남자들 세계에서의
평화와 안정의 기반이 된다.
광수와 재복이 잠깐의 몸싸움을 통해 더 돈독해졌음은 물론이다.

그것은 일종의 애정 표시였던 셈이다.

- 토마스 에어킨스, 《레슬러들─중간 스케치》, 1899

7

"이제 미리하고 얼굴하고 세트가 됐네."

재복은 미안한 건지, 통쾌한 건지, 통쾌한데 미안한 건지, 애써 참는 듯한 웃음을 터뜨렸다. 그리곤 그만이었다. 둘은 여전히 앙숙이었고 그럼에도 불구하고 주구장창 밥도 같이 먹고 광수의 공연 때 재복이 빠지는 일도 없었다.

"할 일이 없어서요."

재복은 그렇게 말했다. 그건 정말이었다. 재복은 마누라도 없고, 하나 있던 아들은 군대 가고, 특별히 하는 일도 없으니 레스토랑에 오는 것은 당연했다. 미자는 언제나 재복과 함께 광수의 노래를 들으며 와인을 한 병씩 땄다. 그나마 다행인 것은 재복이 레스토랑에 올 때는 깨끗하게 잘 차려입고 온다는 것이었다.

"그래도 광수보다는 제가 인물이 낫잖아요. 형님보다는 못 하지만."
"너도 보는 눈은 있구나."
"그러니까 저도 좀 찍어주세요."
"그렇게 찍히고 싶냐?"
"저도 테마가 있는 놈이에요. 의리가 있는 놈이라구요."

"네 테마가 의리냐?"

"그럼요."

"무슨 의리?"

"그런 게 있어요."

"알겠다."

"아시겠죠?"

"그래, 광수가 그러더라. 네가 네 마누라 절대로 안 찾아간다고."

"녀석이 알긴 아네요. 그 여자, 제 발로 갔으니까요."

"다시 오면 받아줄 거냐?"

"그래야죠, 애 엄만데."

"그 말을 들으니 너를 찍어도 될지, 잘 모르겠다."

"왜요?"

"난 제 발로 나간 여자를 기다리는 남자는 별로다."

"기다리는 게 아니라니까요. 오면 받아주겠다는 거지."

"이해가 안 간다."

"형님은 죽은 형님밖에 없었으니까 잘 모르실 거예요."

"넌 여자가 많았냐?"

"아뇨, 저도 마누라밖에 없었어요."

"너를 찍어야겠다."

"그렇죠?"

"그래."

미자는 재복과 광수를 한 프레임에 담아야겠다는 생각이 들었다. 그리고 자신도 그 사진 속에 함께 있어도 좋을 것 같았다. 늙어 가는 사람들의 순정이랄까, 그런 것을 담아도 좋겠다는 생각이 들었다.

"광수하고 너하고 나, 셋이서 찍어 볼까?"

"안 됩니다. 광수는 안 돼요."

"왜?"

"못생겼잖아요. 대머리고."

"광수가 못생겨서 네가 더 잘나 보이지 않겠냐?"

"그렇긴 해도……. 저놈이 그래도 웃을 땐 매력이 있잖아요. 게다가 형님, 저 녀석 요즘 연애한답디다."

"정말?"

"예, 그럴 만도 하지요. 저렇게 노래를 불러대는데."

"누구랑?"

"몰라요, 몰라. 직접 물어 보세요."

"너, 나한테 분풀이 하는 것 같다. 질투냐?"

"네, 형님, 형님은 지금 뭐하세요? 저 녀석은 이혼한 지 2년 만에 연애하는데, 형님은 사별한 지 10년 됐잖아요. 게다가 지금 연세가 벌써……, 이제 곧 예순 됩니다, 형님. 급해요."

재복은 열변을 토해 냈다.

"형님, 사진 왜 찍습니까? 남자를 만나려고 찍어야지요. 왜 광수하고 저하고를 찍습니까? 멋진 남자를 찍어야지요. 섹시하게 말입니다. 형님도 그럴 수 있어요. 형님이 이대로 늙어가는 게 가슴 아픕니다."

재복은 곧 울 것 같았다. 제대로 한번 울어본 녀석이라 아직 눈물샘이 탱탱한가 보다.

롤랑 바르트는, 사진의 본질은 슬픔이라고 했다.
사진은 찍는 순간 과거가 되어 버리기 때문이다.
우리가 사진을 보면서 애상에 젖는 것은 사진이 바로 부재를 증명하는 것이기 때문이다.

그래서 가장 슬픈 사진은 가장 아름다웠던 순간을 찍은 것이다.
이를테면, 신부의 사진 같은 것. 미자도 오래전 사랑스러운 신부였다.
50대의 싱글이 된 지금. 그래도 그녀는 자신의 결혼사진을 보고 웃음을 지을 수 있다.
그때를 그리워하기 때문이 아니라 그 시절의 자기 자신을 완전히 떠나보냈기 때문이다.

나이가 들어서 아름다운 이들은 젊은 시절 아름다움을
간직해서가 아니라 그 젊은 아름다움을 잘 떠나보냈기 때문이다.

애보트 핸더슨 테이어, 〈신부〉, 1895

8

　"너, 여자 생겼냐?"

미자는 노래 두 곡을 끝내고 무대에서 내려온 광수에게 '밥 먹었냐?' 하
는 식으로 물었다.

　"아니에요."

광수는 '안 먹었어요'라는 식으로 대답했다.

　"그래?"
　"생긴 게 아니라 원래 사랑했던 사람입니다."
　"……."
　"첫사랑입니다. 고등학교 때 짝사랑하던 여자였는데, 이제 저를 사
랑한대요. 30년이나 지나서요."
　"이혼했어?"
　"안 했어요. 남편 쪽에서 안 해 준답니다."

광수는 결연한 표정을 지었다. 40대든, 50대든, 사랑을 시작하면 사춘기
소년처럼 되는 법이다.

"했냐?"

재복이 중대한 질문이라는 듯이 코끝에 손가락을 댄 채 물었다.

광수는 재복의 질문에 오히려 미자 쪽으로 고개를 돌려 대답했다.

"형님, 안 할 수가 없었어요. 불쌍해서요. 제가 해 줄 수 있는 게 그것
밖에 없더란 말입니다."
"너한테 해 달래?"

역시 재복이 물었다.

"그런 게 아니었어요. 얼굴을 보면 알아요. 남편이 안 해 줬다는 거,
저는요, 너무 잘 알아요. 이혼하려는 여자들 얼굴 보면 다 알아요. 다
른 남자를 사랑하게 돼서 이혼하려는 건지, 남편이 안 해 줘서 이혼
하려는 건지. 남편이 안 해 줘서 이혼하려는 여자만큼 불쌍한 여자
가 없어요. 그런 여자들은 이혼 말고 다른 방법도 있다는 것, 그 자체
를 몰라요. 남편이 해 주기만을 바라는 여자가 얼마나 불쌍한지 아
세요?"

재복도 심란한지 더 진중해졌다. 둘 다 불쌍한 여자 편을 들고 있었다. 그
러다가 재복이 심각하게 물었다.

"잘 되든?"

"아니. 그래서 더 미안하다."

"다음엔 잘 해."

"그래야지."

"방법이 있어."

"방법이 있어?"

"가르쳐 줄게.

"됐다, 마누라 뺏긴 놈은 못 믿어."

광수는 재복을 바라보다가 그래도 미자가 신경 쓰이는지 자리에서 일어났다.

광수가 다시 무대로 간 사이 재복은 기다렸다는 듯이 미자에게 한마디 했다.

> "저 녀석, 저렇게 슬프게 노래하는 건, 여자가 불쌍해서가 아니라, 잘 못해서일 거예요."

다음 날, 재복의 말이 옳았다는 것이 밝혀졌다. 광수는 어젯밤 잘 했나 보다. 얼굴이 훨씬 밝았다. 희망에 차 있었다.

> "형님, 제가 말입니다, 그 사람 이혼, 제대로 시켜줄 거예요."

자신만의 장소, 가령, 작업실이나 스튜디오 같은 것을 갖고 싶어 하는 것은
온전히 자신만의 세계를 갖고 싶은 욕망에 다름 아니다.
어렸을 적부터 우리는 숨어들 수 있는 작은 틈을 원했고,
나이가 들어서는 자아를 확장한 장소를 갖고 싶어 한다.
인문지리학자들은 공간(space)과 장소(place)를 구분한다.

공간은 자신에게 무의미한 곳이고, 장소는 추억이 있고
자신이 의미를 부여한 곳이다.

미자에게는 레스토랑이 바로 그런 장소였다.
그녀가 더 돈을 벌 수 있는 부동산을 마다하고 레스토랑을 운영한 것은
그곳에 자아를 담았기 때문이다.

– 헨리 시돈스 모브레이, 〈스튜디오에서의 점심식사〉, 1880–1883

며칠이 지났다. 광수는 첫사랑의 이혼 문제로 더 이상 재복과 아웅다웅할 시간이 없었고 그 때문에 재복은 심심해 죽을 지경이었다.

"형님, 형님, 어디 계세요?"

재복이다.

"주방이야."

미자는 주방에서 오늘 들어온 채소들을 확인하고 있었다.

"형님, 대박부동산 자리에 피아노 학원이 생긴대요."
"근데?"
"피아노 학원엔 여선생이 있을 거잖아요."

미자는 재복이 무슨 뜻으로 이러는지 모르는 바 아니나, 또한 재복의 그 뜻은 정말 거기까지일 뿐이라는 것을 알기에 무관심하게 반응했다.

"형님, 우리도 피아노 배웁시다."
"……."

"우리도 광수처럼 공연합시다. 저, 자신있어요."

"학원비 낼 돈은 있냐?"

"참, 학원비가 있어야 되는 거죠?"

"언제 학원 연대?"

"지금 인테리어 공사 중이에요."

미자도 슬쩍 피아노가 배우고 싶어졌다. 피아노를 배우면 뭔가 다 잘 될 것 같았다. 요리와 사진도 서로 시너지 효과를 냈다. 요리에 대한 감각은 사진에 대한 안목으로 흘렀고, 사진에 대한 열정은 요리에 대한 애정으로 넘어갔다. 피아노를 배우면 요리와 사진을 또 다른 눈으로 볼 수 있을 것 같았다.

게다가 오전엔 미자가 사진전에 출품했던 작품이 금상을 받았다는 연락이 왔다. 윤셰프를 찍은 사진이었다. 잘생긴 파리지엥 스타일의 셰프가 여러 복잡한 요리 기구들이 즐비한 훌륭한 주방에서 요리를 하는 사진은 생동감과 즐거움을 주었다. 그런데 윤셰프가 쥐고 있는 것은 손잡이 달린 양은냄비였다. 그 안엔 라면이 끓고 있었다. 사진전에서 뽑힌 경위는 바로 그 유머에 있다고 했다.

"학원비는 내가 빌려주마."

"그러실래요? 형님, 꼭 갚을게요. 아시잖아요, 저 돈 빌리면 꼭 갚는다는 거."

재복은 돈을 '준다'는 말을 정말 싫어했다. 얼마 안 되는 돈이라도 '준다'라고 하면 화를 냈다. 꼭 '빌려 준다'는 말을 해야만 했다. 그럼 얼굴에 화색이 돌고 마치 자신의 능력을 인정받은 듯이 거들먹거리기까지 했다. 하지만 미자는 재복에게 빌려줬다가 받은 돈이 아직 없었다. 그럼에도 불구하고 재복은 꼭 돌려준다는 말을 거듭 자주 했다. 그래서 스스로도 자신은 빌려 준 돈을 꼭 갚는 사람으로 인식하는 것 같았다.

재복이 피아노에 열을 올리는 것은 아무래도 마누라를 잠시나마 잊기 위해서일 것이라고 미자는 생각했다. 마누라를 기다리는 게 아니라, 오면 받아주는 거라 했지만, 기실 기다리고 있음이 역력했다. 그가 늘 오금이 저린 사람처럼 여기저기 쏘다니고, 매번 이곳저곳 소식을 물어 오는 것은 마누라에 대한 그리움과 원망을 잊어버리기 위해서일 거였다. 재복은 점차 마누라에게 던져준 이백만 원도 아까워하고 있는 것 같았고, 그 본전 생각과 마누라 생각이 겹쳐 뭐가 본심인지 헷갈려 하는 것 같기도 했다.

"광수는 안 내려왔어?"

"지금 정신이 있겠어요? 그 여자 이혼시키는 게 잘 안 되나 봐요. 그 녀석, 노래만 불러댈 때 진작 알았어요. 남은 잘도 이혼시키더니 정작 제 놈의 일은 더디네요."

"자기 일이니까 더 못하는 거야. 너를 봐라, 너도 옛날에 다른 놈 여자들은 잘도 잡아서 제자리에 데려다 놓더니 네 마누라는 어쩌지 못하잖냐?"

"아이고, 아이고, 말 마세요, 형님, 복잡합니다. 어쨌든 우리 이제 희망이 생겼잖아요."

재복은 피아노학원을 희망이라고 말했다. 그건 재복의 말이 옳을 것이다. 희망은 그리 거창한 것이 아니다. 재복이 피아노 치는 모습을 상상하니 미자는 웃음이 났다. 시커먼 놈이 피아노 선생 앞에서 바보처럼 쭈뼛거리며 당황해할 것을 상상만 해도 즐거웠다.

"형님, 형님이 피아노 치면 정말 웃기겠어요."

미자가 기막혀 하는데 재복이 한 방 더 날렸다.

"형님은 계속 신분상승하시네요. 부동산에서 레스토랑…… 음…… 사진작가에서…… 으음…… 이제 피아니스트 되는 거잖아요. 흐흐."

재복은 손가락까지 꼽아가며 싱글벙글 웃어댔다.

미자는 신분상승했다는 말을 주위에서 종종 듣고 있었다. 피아니스트까진 물론 아니지만 레스토랑 오너와 사진작가가 된 것은 맞다. 그것이 스스로 대견스럽기도 했지만 남들한테 그런 말을 듣는 것은 썩 유쾌하지 않았다. 게다가 신분상승이라니. 오히려 장래희망이 생겼고 그걸 이루었다는 말이 맞을 것이다. 나이 오십은 반드시 장래희망을 가져야 하는 나이라고도 생각했다. 아니라면, 어떻게 노년을 보낼 것인가.

"네가 이러니까 광수가 싫어하는 거야."

미자는 그렇게 말하긴 했지만 자신이 피아노를 치는 근사한 이미지가 눈앞에 선명하게 그려지는 건 어쩔 수 없었다.

그런데 거기서 끝나는 게 아니었다. 혼란스럽고 두려웠던 날들이 또한 순식간에 지나갔다. 재복은 미자의 눈물을 봤는지 고개를 돌리다가, 그래도 여의치 않는 듯 주섬주섬하며 "윤셰프!" 하면서 주방 쪽으로 나갔다. 미자는 나중에 재복이 "형님도 여자군요" 따위의 말들을 늘어놓는 것이 더 이상 걱정되지 않았다.

미자는 그동안 자신이 여자라는 걸 의식하며 살 수 없었다. 그 사실을 의식하면 의식할수록 약해지는 것 같았다. 약해지지 않기 위해 미자는 여자를 포기했다. 남들이 남편을 잊으라 했을 때도, 미자는 잊을 필요가 없다고 생각했다. 자신은 남편을 이미 기억하고 있지 않다고 여겼기 때문이었다. 그러나 그건 남편을 잊었기 때문이 아니라 미자 자신을 잃었던 까닭이었다.

이제 자신을 온전히 다 찾은 듯했다. 피아노를 배우겠다는 생각만으로, 그리고 눈물을 인정한 것만으로 자신을 찾은 게 아니었다. 오히려 자신을 잃어버려야 했던 길고 혹독했던 시간이 지금에서야 자신을 찾게 한 거라고 미자는 생각했다. 그건 기다림이 만든 기적이었다.

'뮤지코필리아'라는 개념이 있다.
말 그대로 음악(Music)에 대한 사랑(Philia)이라는 뜻이다.
신경과 전문의 올리버 색스는 모든 인간에게 음악 본능이 있으며,
음악이 인생을 바꿀 수도 있다고 말한다.
미자에게도 피아노가 인생의 또 다른 길을 열어주는 매개가 될 수 있을 것이다.

인생을 갱신할 수 있는 매개는 이 세상에 산포해 있다.
우리는 그 매개를 통해 인생의 다른 길로 나아갈 수 있다.

우리가 감성을 열고 세상에 대해 순수한 모험심을 가질 때
삶은 더 풍요로워진다.

– 알베르토 애델멘토, 《피아노 연주》

엄마의 소울메이트

우리 각자가 원하는 것은
우리에게 소중한 사람들에게 소중한 사람이 되는 것이다.

질 새비지 샤르프, 데이빗 샤르프, 《대상관계 개인치료》

1

나는 내가 만들어진 날을 정확히 알고 있다. 자신이 태어난 날은 알아도, 만들어진 날을 아는 사람은 별로 없을 것이다. 내가 그걸 아는 이유는 엄마와 아빠가 처음 만난 날 나를 만들었기 때문이다. 그런 이야기를 철없는 우리 엄마는 자랑이라고 한다.

그러니까 한겨울 비오는 날, 엄마가 운영하는 수예점 앞에 지방에서 올라온 대학생이 비를 피하려고 서 있었던 것으로 이야기는 시작된다. 엄마는 수예점에 딸린 방에서 가느다란 그림자가 흔들리는 것을 보았다. 엄마는 그 그림자만으로도 마음이 설레었다고 했다. 그렇게 길고 조용한 그림자는 처음이었다고 했다. 그게 운명이란다. 운명을 알아보는 여자는 훌륭한 여자라는 말까지 했다. 엄마는 그런 자긍심으로 열여덟 살인 나한테 자신의 첫날밤을 고주알미주알 했던 것이다. 나도 그런 여자가 돼야 한다는 말까지 덧붙이면서.

하지만 그건 호르몬 과잉 분비에 따른 것일 수도 있다. 엄마는 그때 하필

배란시기였을 거고, 도파민과 옥시토신이 최고조에 달했을 것이다. 게다가 비까지 내리는 밤이었으니 엄마는 감성과 욕망을 주체하지 못했을 것이다. 무릇 욕망만으로 '그것'이 이루어지지는 않는다. 감성노 반드시 따라야 한다, 인간에게는 말이다. 아버지가 수예점 앞에서 비를 맞고 있었던 시점과 엄마의 배란 시기가 일치한 것이 운명이라면 운명일 것이다.

엄마가 그런 말을 할 때 아버지의 표정은 뜨악했다. 아버진 코를 잘못 꿴 심드렁한 소 같았다. 점잖은 아버진 딸 앞에서 대놓고 엄마에게 무안을 주지는 않았다. 하지만 난 아버지의 얼굴에서 똑똑히 보았다, 그날 밤을 후회한다는 것을.

엄마는 가령 셋이서 저녁밥을 먹는데 밖에서 비만 오고 있으면 그 얘기를 했다. 처음엔 은밀하게, 어린 딸이 모르겠지 하는 듯한 표정으로 얘기하더니, 내가 15금 드라마를 보기 시작하면서부터는 마치 내가 그 이야기를 좋아하기라도 한다는 듯이, 아니면 둘의 금슬을 자랑하면서 나한테도 아빠 같은 남자를 만나야 한다고 학습이라도 시키겠다는 듯이 사명감 어린 목소리로 그날의 일을 이야기하곤 했다.

물론 금슬이라는 것도 엄마의 관점에서다. 사실, 엄마는 아버지를 좋아할 만하다. 아버지는 마흔이 넘어서 머리가 새기 시작했는데, 정말 우리 아버지만큼 멋지게 머리가 샌 사람은 없을 것이다. 완벽한 잿빛 머리다. 게다가 아버진 머리 숱이 무척 많다. 그 풍성한 잿빛 머리털은 아버지를 더 고혹적으로도 만들기도 하고 지적으로 보이게도 한다. 아버진 키도 180이 넘는데, 물론 그것이 그림자조차 멋있을 수 있는 가장 기본적인 조건이겠지만, 그림자가 다가 아니다. 아버진 몸의 비율이 좋아서 지나가는 아줌마들이 꼭 한 번은 돌아본다. 예전에 살던 아파트 내에서도 아버진 멋진 아저씨로 통했는데 최근 새로 이사 온 동네에서도 아버지 인기는 급부상 중이다. 그런 남편을 둔 우리 엄마는 그냥 아줌마다. 보통의 아줌마.

이런 남자에게 반하는 여자들이 있다.
뭔가 날카롭고, 숨기고 있는 것 같고, 강해 보이지만
실은 마음속에 상처가 있을 것 같은 남자 말이다.
이런 남자들은 자기애가 너무 강하기 때문에 여자에게 확실한 사랑을 주지 않는다.
주는 듯하면서 마음과 몸을 슬쩍 빼서 여자의 애간장을 태운다.

그래서 여자는 늘 상처받는다.
그 상처를 진정한 사랑이라고 생각한다.
오해다. 가수 김광석이 노래했듯, 너무 아픈 사랑은 사랑이 아니다.

2

엄마와 함께 목욕탕에 가서 알았다. 여자가 나이 먹어가는 것은 우습기도 하고 슬프기도 하다는 것을, 그런데 웃을 수도 없고 슬퍼할 수도 없는 일이라는 것을. 엄마의 살은 모두 아래로 향하고 있었다. 그것도 제법 무거운 양감으로 걸을 때마다 출렁거렸다. 그런데 엄마만 그런 게 아니었다. 엄마와 수다를 떨고 있는 다른 아줌마들도 다 그랬다. 미술 시간에 배운 뮐렌도르프의 비너스가 목욕탕에 그득했다. 나는 잠깐 슬퍼하면서 웃었는데, 그게 무안했는데, 그것이 어쩐지 엄마나 아줌마들한테 대해서가 아니라 미래의 나한테 대해서인 것 같았다. 나도 곧 저런 몸을 가지게 되겠지, 그리고 여전히 탱탱한 남편의 몸에 대해 자괴감을 느끼게 되겠지, 차라리 그게 나을 것 같았다. 엄마처럼 아무렇지도 않게 아버지 앞에 자기 몸을 드러내기보다는.

엄마는 분명 아무렇지 않음에 틀림없었다. 아버지의 눈을 의식했다면 그렇게 허리를 꽉 묶는 옷을 입을 순 없다. 엄마는 늘 허리를 벨트로 묶는데, 벨트 아래에는 커다란 도너츠 모양의 띠가 생겼다. 엄마가 의자에 앉으면 그 도너츠도 함께 앉았다.

이사 오게 된 것도 다 엄마 때문이었다. 우리집 미래 계획이나 실천은 엄마가 혼자 다 했다. 어찌 보면 아버진 그냥 방관자였다. 엄마는 이제 나이가 사십이 넘었으니 제2의 인생을 살아야 한다고 했다. 그 일환으로 전원

주택을 지어야 한다고 주장했다. 물론 아버지의 비협조적인 태도 때문에 전원주택을 짓지는 못했다. 엄마는 날마다 수예점에 나가야 했고, 학원 선생님인 아버진 그래도 상대적으로 시간이 많은 셈인데도 도무지 집짓기에 관심이 없었기 때문이다. 이번에도 엄마는 아버지를 다그치지 않았다. 그냥 엄마의 욕망과 아버지의 태도 사이에서 타협을 했다. 이미 지어진 주택을 사는 걸로. 그것도 원래 살던 아파트 근처였다.

그날도 우리는 새로 이사 온 집에서 저녁 대신으로 치킨을 뜯고 있었다. 바깥에는 비가 오고 있었다. 엄마는 시작했다. 바깥이 훤히 트인 전원주택이다 보니 마음이 더 낭만적으로 들떴나 보다. 엄마의 이야기는 조금 달랐다. 엄마가 그땐 참 예뻤단다. 엄마는 그때를 회상하면서 아버지가 멋있었다고 말하지 않고 자기가 예뻤다고 말했다. 아마도 아버지 눈에 예뻐 보였을 거라는 말을 그런 식으로 하는 것이겠지만, 그건 아닐 것 같다. 엄마 젊었을 때 사진을 본 적이 있다. 결코 예쁘다고 할 수 없는 보통의 통통한 여자였다. 뭐, 그런 식의 얼굴을 당시엔 예쁘다고 했다면 어쩔 수 없지만 정말 지금의 관점으로선 아니었다.

나로 말할 것 같으면, 비오는 날 만들어진 나는, 실망스럽지만 그다지 예쁘지 않다. 나는 엄마처럼 자기 주제도 모르는 사람이 아니다. 아버질 닮았다면 좋았을 거라고 늘 생각하지만, 아무래도 잘생긴 우리 아버지 외모가 오히려 열성 유전자인지, 나는 거의 '엄마'다. 엄마는 아버지를 낚아챘듯이 유전자도 죄다 자기 것으로 나한테 쏟아 부은 것이다.

"네 아버진 그때 사법고시생이었어."

엄마는 아버지가 사법고시생이었다는 것을 자랑스럽게 생각했다. 그런데 아버지에게 물으면 사법고시생이 아니라 그날 처음으로 사법고시를 준비해 볼까 해서 책이라도 왕창 구입하려고 상경한 거라고 했다. 그러니까 아버지는 사법고시 준비를 시작하기도 전에 엄마한테 전 생애를 붙들린 것이다.

엄마는 치킨을 뜯으면서 기름진 입술로 말을 이었다. 약간의 비약이 있는 내용이었다.

"그때 참 좋았지, 여보?"

아버진 깊은 생각에 잠긴 얼굴이었다. 그리곤 바로 화제를 바꿨다.

"양수가 온대."
"자기 친구, 김양수?"
"그래."
"왜?"
"집들이 온대."
"그동안 연락 없었잖아."
"그랬었지."

아버진 그 다음 말을 잇지 않았다. 다시 생각에 잠긴 모습이었다. 엄마도 덩달아 약간 긴장한 것 같았다. 이때 내가 한마디 해 줘야 한다.

"엄마, 가게 안 가 봐도 돼?"
"괜찮아. 지금 안 가 봐도 돼."

여자는 뭘 저렇게 보는 걸까.

마음을 뺏긴 남자일 것이다.

여자의 발그레한 볼을 보면 알 수 있다.

여자는 귀까지 빨개졌다.

저런 여자는 마음을 숨기지 못한다.

마음을 숨기지 못한다면 차라리 직설적으로 말하는 게 낫다.

얼굴은 벌겋게 달아올랐으면서, 아닌 척 쿨해 보이려고 하는 것만큼 어색한 것도 없다.

얼굴이 붉어진 여자는 촌스럽긴 하지만 순수해 보인다.

하지만 붉은 얼굴로 쿨하게 말하는 여자는 이상한 여자로 보인다.

— 프리츠 폰 우데, 《창가에서》, 1890

3

김양수 아저씨는 아버지와 이미지가 전혀 달랐다. 많이 거칠어 보였다. 눈빛도 예사롭지 않았다. 정확히 말하면, 눈 동공에 아주 분명한 빛이 서려 있었고, 그 중심에서 레이저가 발사되는 것 같았다. 나를 쳐다보면서 아저씨는 입으로는 웃고 있었는데, 눈으로는 레이저를 쏘아서 나를 제압하고 있었다. 나는 내가 마치 핀에 꽂힌 나방 같이 여겨졌다. 그 아저씬 아버지를 간혹 '아나고'라고 부르는 것 같았다.

"엄마, 저 아저씨, 아버지 친구 맞아?"
"그래, 대학 때 친구였대."
"근데 좀 조폭 두목 같지 않아?"
"조폭 맞아."

그래놓고 엄마는 좀 뜸을 들였다. 그리고 결심했다는 듯이 약간 엄숙하게 말했다.

"이제야 말하는 거지만 네 아버지도 옛날엔 좀 놀았대."
"정말? 설마!"
"진짜다. 네 아버지 등에 용 문신도 있다. 저 아저씨가 아버지를 아나고라고 부르지? 그건 바로 용이야."
"아나고가 어떻게 용이야?"

"네 아버지가 고등학교 때 용 문신을 새겼는데, 그 후에 키가 더 커 버려서 통통한 용이 길쭉한 아나고가 된 거지."

"난 한 번도 본 적 없는데."

"네 아버지가 너한테는 보이고 싶어 하지 않는 거지. 그리고, 저 아저 씬 오도리다."

"오드리?"

"오드리가 아니고, 오도리. 보리새우라는 뜻의 일본어지."

"왜 별명이 오도리야?"

"저 아저씨도 등에 용 문신을 그렸는데 키는 안 크고 살이 찌는 바람 에 용이 새우가 된 거지. 별명은 새우지만, 저 아저씨 무서운 사람이 야. 감옥에도 많이 갔다 왔어."

"그래?"

"거기서도 대우가 안 좋다고 교도소 첨탑 위에 올라가서 할복했 다더라. 배 가르고 창자 꺼내 손에 들고 데모 했대."

"설마."

"설마가 아니야. 배를 가르면 배에 꽉 차 있던 창자가 튀어 나온대. 그걸 들고 교도소 환경 개선을 외친 거지. 멋있지 않냐?"

엄마는 분명 멋있다고 했다. 엄마는 아직 철이 안 든 거다. 그건 내 경우 를 봐도 알 수 있다. 나도 철이 안 났기 때문에 그 오도리 아저씨가 멋있 다고 판단하는 것이다. 하지만 그 판단에는 분명한 근거가 있다. 요즘 남 자들은 정말 남자답지 못하다. 이런 시대에 오도리 같은 아저씨는 정말

희귀하다. 난 폭력영화를 좋아하진 않지만 멋있는 남자가 온몸으로 상대와 치고 싸우는 영화는 정말 좋아한다. 그러니까 폭력 스펙터클을 좋아하는 것이 아니라, 한 남자의 고독한 싸움을 클로즈업과 풀쇼트로 보여주는 영화를 좋아하는 것이다. 고통과 의지와 열정을 얼굴 클로즈업으로 보고, 그리고 그 멋있는 몸을 풀쇼트로 보고나면 그렇게 행복할 수가 없다. 그건 진짜 남자이기 때문이다. 진짜 남자의 몸은 하나하나 다 살아 있다. 손과 발뿐만 아니라 손가락, 무릎, 눈빛, 입술, 하물며 치아까지. 하루 종일 컴퓨터 자판만 두드리고 있지만, 아플 때를 빼고는, 자기 손가락을 전혀 의식하지 못하는 요즘 남자 애들과는 확실히 다르다.

게다가 영화의 주인공은 너무 순수하다. 몸을 쓰는 남자는 여자도 진정으로 사랑하는 것 같다. 온몸으로 여자를 지켜주는 남자를 보는 기쁨은 이루 말할 수 없다. 조폭영화에선 이 세상 누구에게도 굴복하지 않던 주인공이 유일무이하게 복종하는 여자가 한 명쯤 나온다. 그리고 그 여자는 십중팔구 그렇게 미인도 아니다. 그런데 이 멋진 남자가 이 평범한 여자에게 꼼짝 못하는 것이다. 바로 이 점이 내가 멋있는 조폭영화를 보는 진짜 이유일지도 모른다. 나도 평범하지만 멋있는 남자의 사랑을 받을 수 있다는 희망이 그 영화 속에 있는 것이다.

　"그럼 아버지도 조폭이었어?"
　"그건 아니야."
　"그럼 왜 문신을 했대?"

"아버지와 오도리 아저씨가 고등학교 때 제일 친했대. 그래서 야매
로 하는 곳에 가서 똑같이 문신을 새긴 거지."
"그럼 아버진 싸움 못하는 거야?"
"그렇지."

그러니까 아버진 평범하게 생긴, 다시 말해 엄마 같이 생긴 여자를 지켜
주는 멋있는 남자가 아니라, 그냥 문신만 한 남자일 뿐이었다. 그 순간,
정말 아까운 사람은 아버지가 아니라 엄마라는 생각이 들었다. 우리 아
버지, 엄마가 아니었다면 정상적으로 살 수 없었을 지도 모른다. 과거에
좀 놀았든, 문신을 새겼든, 지금은 그냥 학원 샌님일 뿐이다. 어떻게 보면
현실 감각도 없고, 게으르고, 너무 착하고, 게다가 너무 잘생겨서 나쁜 여
자들이 가만히 둘 상이 아니다.

세상에는 남자를 잡아먹는 이상한 여자들이 많다. 이른바 팜므 파탈이
있다는 걸 나도 안다. 국어 선생님이 그랬다, 그런 여자를 남자들이 좋아
하는 걸 이해하지 못하겠다고. 그러면서 우리를 보고 다행이라고 했다,
너희들 중에는 그런 치명적인 여자가 없다고. 그러는 국어 선생님도 내
가 보기엔 치명적인 여자가 아니다. 정확히 말하면 팜므 파탈에게 콤플
렉스를 느끼는 노처녀인 것이다.

어쩌면 세상의 여자는 팜므 파탈(femme fatal)과 그런 여자를 질투하는 팜
므 논파탈(femme nonfatal)로 나뉘는 것은 아닐까. 나도 좀 더 크면 그 팜므

파탈을 질투하는 여자가 되어 있지 않을까, 하는 생각이 든다. 나는 언제나 현실을 직시하는 편이라서 절망조차 아주 산뜻하게 하는 편이다. 은근슬쩍 자기합리화나 하는 스타일이 아니다.

이 그림의 부제는 '강한 남자'이다.
과연 강한 남자로 보인다.
강한 남자란 근육으로 온몸을 갑옷처럼 싸서 내면이 전혀 가늠되지 않는 남자가 아니라,
약간 피로한 듯한 근육을 가지고 있고 거기서 내면의 고뇌가 엿보이는 남자다.

근육과 피로가 만든 음영이
이 남자를 강하고 지적인 남자로 보이게 한다.

– 토머스 에이킨스, 〈남성 누드 연구—강한 남자〉, 1869

4

"나갔다 올게."

"너무 늦진 마."

엄만 아버지와의 인연도 포함시켜서, 이런저런 이유로 나한테 비교적 관대한 편이다. 8시가 넘은 시각이었지만 엄마는 집 근처 맥도날드에 나가는 것을 허락해 준다. 물론 그건 내가 나쁜 짓을 하지 않는다는 신뢰감을 주기 때문이다. 내가 신뢰를 지키는 것은 엄마를 위해서가 아니라 나를 위해서다. 신뢰를 저버리면 엄마가 간섭하게 되고 그럼 내 생활이 피곤해지기 때문에 반드시 적정선을 지키려는 것이다.

맥도날드에선 병수를 만나기로 했다. 병수는 조폭 타입도 아니고, 샌님 타입도 아닌, 아직 덜 커서 그런지, 그냥 개성 없는 고등학생이다. 병수가 나한테 정식으로 사귀자고도 했지만, 나는 어느 누구한테 귀속되는 타입의 여자는 아니다. 다시 말하자면, 나는 누군가의 여자는 되고 싶지 않은 것이다. 병수는 그냥 친구다.

남자와 여자가 친구가 될 수 있는가 없는가라는 토론을 벌이는 것을 보면 우습기 짝이 없다. 이 지구상에 남자와 여자가 친구 사이인 경우가 단한 경우만 있어도 '남자와 여자는 친구가 될 수 있다'는 명제는 성립된다. 그런데 정말 60억 인구 중에 그런 사이가 하나도 없겠는가. 그러니 당연히 친구가 될 수 있는 거다. 병수와 나도 그중 하나다. 단 한 번, 병수가 좋아진 적이 있다. 내가 그의 여자가 되고 싶다는 생각을 한 적도 있다. 병수가 나한테 문자 씹어도 된다고 말했을 때였다.

그러니까 지난 여름, 내가 몹시 스트레스를 받은 날이었다. 그날 병수가 날씨 문자를 보냈다. 나는 뜻 없는 날씨 문자를 제일 싫어하는데, 그 이유는 그 내용 자체가 싫어서라기보다는 도대체 무슨 답을 해야 할지 난감하기 때문이다. 나 또한 무의미한 날씨 이야기는 하고 싶지 않다. "참 덥지?"라고 물으면 뭐라고 할 것인가. 누구라도 다 더워하는 날씨다. 답은 정해져 있다. "응, 더워." 그런 답을 하는 내가 무능한 바보 같이 느껴진다. 차라리 "뜨겁긴 한데 습도가 낮아선지 오히려 산뜻한 날씨야." 정도로만 문자를 준다면, 그렇게 자신만의 느낌을 써 준다면, 나도 내 느낌을 쓸 용의가 있다. 그런데 그날 병수는 말 그대로 "참 덥지?" 식의 문자를 보낸 것이다. 나는 난감했다. 그래서 답을 못하고 있다가 자기 직전, 밤 12시쯤 되었을 때 답 문자를 했다. 오늘 하루 좀 이래저래 스트레스 받는 일이 있어서 답장할 여유가 없었다고. 난 그 정도의 식견과 배려는 있는 사람이다. 그런데 병수의 답이 감동이었다. 괜찮다고 했다. "답장 안 주면 뭐 어때?"라고 하면서, 지금 영화 보고 있다는 내용의 문자였다. '답장 안 주면 뭐 어때'라는 말만 있었으면 별로였을 것이다. 병수는 자신의 행위를 덧붙여 말하고 있었다. 영화를 보고 있다는 행위. 그 말은 정말로 답장을 주지 않는 것을 개의치 않는다는 뜻이었다.

나는 그때 알았다, 내가 그동안 너무 예의바르게 살아왔다는 것을. 그리고 그 예의바름이 내겐 억압이었다는 것을. 그러고 보면, 나는 학교에서 배운 지식을 꽤 잘 써 먹는 고등학생에 속한다. 억압이라는 말은 도덕 시간에 배웠다. 도덕 선생님은 심리학을 부전공 했다면서 은근히 우리의 심리를 분석하고 싶어 했다. 40대인데 탈모가 시작된 그 노총각 선생님은 친절했지만, 친절할수록 느끼했다.

나는 병수의 그 건강함이 좋았다. 답장을 받지 않아도 정말 괜찮은 그 건강함 말이다. 그날의 스트레스 때문이었던지 병수의 문자에 나는 갑자기 눈물이 났다. 솔직히 그렇게 썼다. 감동인데, 살짝 눈물 난다고. 병수는 내가 정말로 눈물을 흘린다면 자기도 감동이라고 했다. 병수가 또 오버하려고 했다. 나는 친구 사이에, 친구가 눈물 난다고 하면 놀려 주는 게 마땅하다고 했다. 병수는 그 말에도 끄떡하지 않고 내가 제일 싫어하는 'ㅎㅎㅎ'를 보냈다. 내가 제일 싫어하는 말이 '대박'과 '헐'이고 그 다음이 'ㅎㅎㅎ'다. 물론 나도 '^^'를 간혹 넣기도 하지만 그건 상대가 나의 고급 유머를 오해할까봐 할 수 없이 덧붙이는 기호다. 사실 그것조차 나를 이해하는 사람에게는 붙이지 않는다. 그리고 그 기호는 병수에게는 아직은 좀 필요한 기호라고 느끼고 있는 터였다.

어쨌든 병수와 나는 좋은 친구다. 연애를 할 생각은 없다. 아버지를 보면 알 수 있다. 연애라는 것이 얼마나 위험한 것인지. 너는 내 것, 나는 네 것이라는 등식이 성립되면 세상이 그만큼 좁아지는 거다. 우리 엄마는 아버지밖에 모른다. 엄마가 아버지밖에 모르니까 아버지는 꼼짝도 못한다. 나는 그렇게 서로를 묶는 연애 따위는 하고 싶지 않다.

'행복한 가족'이란 제목의 그림이다.
그런데 이 가족, 완전히 행복해 보이지는 않는다.
여자의 표정은 환희에 차 있지만 뭔가 갈구하는 듯한 표정이다.

행복은 '갈구'하는 상태가 아니다.
그 자체로 만족스러운 상태여야 한다.

남자는 어쩐지 난감해 하는 듯한 표정이다.
여자의 허리를 안고 있지만 어쩔 줄 모르는 듯하다.
아, 이 어린 남자는 안타깝게도 아직은 부담스러운 것이다.
앞으로 이 여자는 아이도 키우고 남편도 키워야 할 운명이다.

– 칼 슈베닝거, 《행복한 가족》, 1903

요즘 고등학생들도 연애를 한다. 키스도 한다. 자는 애들도 있다. 하지만 어른들이 생각하는 만큼 그렇게 말세는 아니다. 물론 문제가 있는 애들이 있기는 하다. 내가 봐도 정말 골빈 애들이다. 하지만 안 그런 애들도 있다. 그 차이가 딱히 뭐라고 말할 순 없지만, 안 그런 애들은 제 할 일은 다 한다는 공통점이 있다. 심지어 공부도 잘하는 애들도 있다. 학교에서는 모범생으로 통하기도 하는데 그건 그 애들만이 갖는 일종의 냉소적인 가치관 때문인 것 같다. 그 애들은 도무지 자기 공부와 사랑 이외엔 관심이 없기 때문에 나머지는 다 하찮게 여기다 보니 괜한 말썽이나 피우는 애들하고 차별될 수밖에 없는 것이다. 그 애들은 학교에서 하지 말라는 것은 안하고, 하라는 것은 대충 열심히 하는 모습을 보여준다. 그러니 별로 눈에 띄지 않으면서도 공부는 잘하니 이른바 말 잘 듣고 얌전한 학생이 되는 것이다. 진희가 그렇다. 나는 감히 그 애랑 친하지도 못 한다. 그 애는 정말 대단한 비밀을 지니고 있는 사람 같다. 어떤 아우라 같은 게 있다.

진희가 사귀는 애는 우리학교 부회장인 용호다. 내가 진희를 부러워하는 것은 걔가 부회장을 사귀기 때문이 아니다. 사실 용호는 키도 별로 안 크고 공부도 진희보다 못 한다. 내가 진희를 부러워하는 것은, 진희가 한 말때문이다.

　"넌, 용호의 뭐가 좋니?"

"걘 내 소울메이트야."

나는 할 말을 잃었다. 뭐가 좋냐는 말에, 대상의 특징이 아니라, 자신에게 그 대상이 어떤 존재인지 말하고 있었기 때문이다. 게다가 영혼의 동반자라니. 하지만 의심이 가지 않는 것은 아니었다. 진희와 용호도 서로를 구속하는 사이일 수 있는 것이다.

"하지만 남자애를 사귀면 자유가 없지 않니?"
"너, 내가 그렇게 보이니?"

진희는 웃었다. 당연히 그렇게 안 보였다. 진희는 혼자서도 충만한 애다. 나는 진희에게 더 묻지 않았다. 더 묻지 않았기 때문에 진희와 용호의 관계에 대해 더 신비스럽게 생각하고 있는 건지도 몰랐다. 내가 그 둘을 속속들이 다 안다면 거기에도 별 게 없다는 점을 깨닫게 될 지도 모르는데, 나는 그 경계를 넘어서지 못하는 것이다. 물론 나는 진희와 용호가 정말로 그 '경계'를 넘었는지는 정확히 모른다. 진희는 그런 면에서 또한 철저하다. 그럼에도 불구하고 진희의 그 어른스러움 때문에 그 둘의 관계가 내 상상 이상일 거라고 예측만 하는 것이다.

가끔 둘이 키스하는 장면과 포옹하는 모습이 저절로 떠올려지는데, 그럼 이상하게 마음이 아프다. 진짜 사랑하는 사이를 바라보면 슬퍼지는 건지도 모른다.

생각해 보면, 로미오도 열여섯 살이었다. 줄리엣도 열네 살쯤이었다고 한다. 뭐, 멀리 갈 것도 없이 춘향이도 열여섯 살이었다. 선생님들은 우리더러, 너희들은 이팔청춘이야, 라고들 하시는데, 그 말을 우리가 어떻게 받아들이는지는 잘 모르실 거다. 선생님들은 이팔청춘임에도 불구하고 우리가 마치 시들어 가는 파처럼 앉아 있다고 비난하려는 의도로 하시는 말씀이지만, 우리는 이팔청춘이기 때문에 드디어 뭐든 가능한 나이로 받아들인다. 춘향이나 줄리엣처럼 말이다.

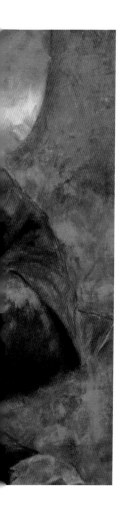

여자애가 남자애에게 보랏빛 꽃을 내민다.
대수롭지 않다는 태도다.
남자애의 표정은 굳어 있다.
아예 자기 오른손을 왼손으로 붙잡고 있기까지 하다.
여자애에게로 향하는 마음을 스스로 막기라도 하려는 것 같다.

그러니까 이 그림에서 더 좋아하는 애는 남자애인 셈이다.
여자애는 온 들판에 피어 있는 꽃을 꺾어 주는 것일 뿐인데
남자애는 이토록 경직돼 있는 것이다.

무릇, 좋은 연애는 이렇게 시작되는 법.
여자는 무심한 척 가볍게 마음을 보이고,
남자는 그 가벼움에 온몸을 떤다.

– 에릭 베랜스키올드, 〈햇살〉, 1891

6

병수는 언뜻 보면 잘생긴 얼굴이다. 용호에 비할 바가 아니다. 키도 크다. 사실, 나는 병수와 나란히, 병수 팔에 몸을 기댄 채 산책하는 모습을 상상하기도 했다. 나의 연애 판타지라면 그런 것이다. 옛날에 아버지가 부른 노래 중에 이런 가사가 있었다. "사랑의 시간으로 떠나요. 그대 팔에 나를 감싸고. 그대 나를 사랑하기에 온 세상의 꽃들이 아름다운 새들도 변해버려요." 가사의 상황을 요약하면 이렇다. 남자가 여자의 허리에 팔을 두른 채 걷는다. 그럼 세상의 꽃들이 새로 변한다는 것. 그건 세상이 둘을 중심으로 움직인다는 거다. 그만큼 멋진 사랑이 어딨을까. 아버지에게 노래 제목이 뭐냐고 물었다. '사랑의 시'라고 했다. 제목이 너무 감성적이어서 별로이긴 했지만, 사실 나도 그렇게 쿨한 편은 아니다. 솔직히 연애에 대한 상상력이 거기까지밖에 미치지 못한다는 것이 실망스럽기도 하다. 하지만 꼭 그렇게 한 번은 하고 싶다. 병수의 팔 길이를 가늠하고 내 허리 둘레와 비교해 본 적도 있는데, 사실 그런 구체적인 상상이 그 일이 성사되는 것을 방해한다. 병수의 팔이 내 허리에 닿는 것을 떠올리면 소름이 돋고 웃기기까지 하기 때문이다. 도대체 어떻게 병수의 팔이 내 허리에 둘러진단 말인가.

병수를 만나는 이유는 딱히 없다. 굳이 말하자면 어떤 의무감 때문이기도 하다. 병수에겐 엄마가 없다. 내색은 하지 않지만 외로울 것이다. 내가 당연히 엄마의 따뜻함 같은 건 줄 수 없지만 적어도 엄마의 잔소리 정도는 해 줄 수 있다. 병수에겐 엄마의 잔소리가 필요하다. 엄마를 그립게 하지 않으면서도, 엄마가 없다는 것에 상실감을 느끼지 않게 만드는 것은 잔소리밖에 없다.

병수의 엄마는 자살을 했다. 자살한 엄마를 그리워한다면 병수는 더 괴로울 것이다. 그러니 그리워하지 않게 하면서도 따뜻함은 느끼게 해 줘야 하는 것이다. 병수는 내가 자기 엄마 일을 안다는 걸 모를 수도 있다. 병수에게 직접 들은 건 아니기 때문이다. 병수가 아직 나한테 그 말을 하지 않았다는 것은 나를 아주 가깝게 생각하지는 않는다는 뜻이다. 나는 오히려 병수가 그 말을 할까봐 두렵기도 하다. 병수가 그 말을 했을 때 내가 어떻게 해야 할지 전혀 떠오르지 않기 때문이다. 아마도 어떻게 반응해야 할지 모르겠다는 듯한 표정을 있는 그대로 드러내는 것이 최선일 것이다. 병수 엄마는 우울증으로 자살했다고 했다.

　"우울증은 과도한 활성화 때문이래."
　"응?"

병수가 자기 엄마 얘기를 하려는 것일까. 긴장됐다.

　"너 요즘 우울하다 그랬잖아."
　"아, 참 그랬지."

그랬었다. 병수에게 그런 말을 했었다. 호르몬 때문이었다. 여자들에겐 그런 게 있다. 사실 나는 엄마 유전자를 물려받은 탓인지 호르몬에 영향을 좀 많이 받는 편인 것 같다. 병수한테 차마 호르몬 때문이라는 말은 못 했다. 그렇게 말했다면 병수는 나를 이상한 눈으로 볼 것이 분명했다. 실은 나도 호르몬 때문에 우울한 것이 마음에 들지 않았다. 몸 전체가 호르몬에 따라 움직이는 좀비 같이 느껴졌으니까.

"우울증에 걸린 사람들 뇌를 연구해 보니까 편도체가 과도하게 활성화 돼 있더래. 편도체는 공포나 불안, 슬픔 같은 걸 느끼게 하는 부위인데, 천적이 나타나면 편도체가 신호를 보내서 스트레스 호르몬을 분비한대. 그럼 온몸의 근육이 활성화 돼서 그 천적이 도망가게 하는 거지. 그러니까 우울증은 일종의 자기 방어 장치라는 거야."
"뭐야? 그럼 알레르기하고 똑같은 거잖아."
"그렇지. 둘 다 과도한 자기 방어 때문에 생기는 거지."
"그거 알려주려고 만나자고 그랬니?"
"아이러니하지 않니? 우울증이나 알레르기나 모두 자신을 괴롭히는 건데 그것의 원인은 자기를 방어하기 위한 거라니."

병수는 정말 신기하다는 듯한 표정을 지으며 콜라를 빨고 있었다. 저렇게, 나한테 관심을 보이는 것이 아니라 다른 생각에 빠져 있을 때 병수의 표정은 나쁘지 않았다. 그런데 저 병수가 나를 좋아하는 것처럼 보이면 나는 정말 병수가 부담스러웠다. 그러니 지금 병수가 우울증이나 알레르기에 대해 호기심을 보이는 것은 봐 줄만 했다. 사실 좀 귀엽기도 했다. 내가 우울하다니 우울증에 대해 공부해 온, 한심하고 유능한 녀석.

"그런데, 넌 우울증이 아니야."
"뭐?"
"진짜 우울증에 걸리면 정말 심각하대. 어떤 사람은 팔 다리도 제대로 못 가눈대. 음식 맛도 못 느낀다더라. 고기를 먹으면서도 담뱃재를 씹는 기분이 든대. 넌 뭐든지 잘 먹잖아."
"그래, 팔 다리도 내 맘대로 잘 다룬다. 어쩔래?"

나는 병수의 무릎을 쳐 주고 싶었지만 흉내만 냈다. 자칫하면 병수를 자극할 수도 있다. 스킨십은 늘 조심해야 한다. 남자는 열여덟 살 때 가장 성욕이 강하다 했다. 몸 전체가 성감대인지도 모른다. 내가 무릎을 쳤다가 병수가 '삘'을 받으면 그 눈빛을 어떻게 감당할 수 있겠는가.

난 병수에게 오도리 아저씨에 대해 말했다. 아버지 얘기는 뺐다. 아버지가 그 용 문신으로 뭘 했는지 분명치도 않고 지금의 아버지 이미지로는 전혀 연상이 안 되기 때문이다. 병수는 오도리 아저씨의 창자 시위에 대해서도 별로 놀라는 것 같지 않았다. 치기 아니냐고 비웃기까지 했다. 녀석, 남자 아니랄까봐. 병수는 수컷의 허세를 부리고 있음에 틀림없었다. 동물들이 몸을 크게 부풀려 상대를 위협하는 것처럼, 남자들도 일단 상대를 얕잡아 표현하고 자신을 우위에 둬서 자신을 과시한다. 나는 '너라면 그렇게 할 수 있어?'라는 따위의 유치한 질문은 하지 않았다. 그 대신 한마디 해 줬다.

"너도 남자구나."

약간 비아냥거리면서 한 말이 효과가 있었다. 병수는 쑥스러워 하면서 자기도 오도리 아저씨를 보고 싶다고 했다.

이 그림은 사실화라기보다는 일종의 판타지다.
즉, 사랑에 빠진 남녀의 욕망과 환상을 그리고 있는 것이다.

배가 침몰했다.
이 두 남녀는 사랑하는 사이다.
둘 다 죽을 것이다. 여자는 이미 숨이 멎은 상태인지도 모른다.
그럼에도 불구하고 남자는 사랑하는 여자를 부둥켜안고 마지막 키스를 하는 것이다.

이런 판타지는 유치하지만 아름답다.
그리고 간혹 이런 판타지가 진짜 이뤄지기도 한다.
그것이 사랑의 무모함이자 신비함이다.

-알프레드 기유, 〈안녕〉, 1892

엄만 가게문을 닫으러 가고, 아버지와 아저씨는 여전히 부엌에서 이야기를 나누는 중이었다. 다녀왔다는 인사를 하려다가 방해될 것 같아 내 방으로 들어왔다. 부엌에서 두 분이 하는 얘기가 들려왔다. 내 방의 한 면은 부엌 벽과 연결되어 있어서 웬만한 소리는 다 들린다. 아침을 준비하는 엄마의 도마 소리에 매번 잠을 깨는 것도 그 때문이었다.

"희재 말이야, 대방동에서 술집 한대."

오도리 아저씨 말이었다. 아버지가 대답할 차례인데, 아무 말도 안 들렸다.

"너 알았나?"

다시 오도리 아저씨였다.

아버진 또 뜸을 들였다. 이어서 "그래서?"라는 아버지의 대답이 들렸다. 아버지의 말투가 사뭇 비장하게 느껴졌다. 아버지는 마음먹었다는 듯이 조용히 이야기를 시작했다. '그래서?'라고 반문할 때와는 다른 어조였다. 그건 한 편의 긴 이야기였다.

아버지의 말을 요약하면 이렇다.

어느 날 엄마가 아버지를 미행했다. 여기서 아버지는 말을 정정했다. 아버지의 관점에서라면 미행이겠지만, 엄마의 관점에서라면 그냥 따라온 것이다. 아버지가 엄마의 관점으로 이야기를 바꾼 것은 엄마에 대한 아버지의 배려일 것이다. 혹은 아버지가 잘못했다는 명백한 시인일 것이다. 아버지의 퇴근이 계속 늦어지던 어느 날, 엄마는 아버지의 학원에 도시락을 갖다 주러 갔었다. 그런데 아버지가 퇴근하는 모습이 보였다. 반가운 마음에 다가가려고 했지만 아버지는 서둘러 차에 올랐고 엄마는 느낌이 이상해서 아버지를 따라갔다. 아버지가 간 곳은 '소울메이트'라는 술집이었다. 저녁 8시쯤 된 시각이었다. 엄마는 운명을 알아봤듯이 운명적으로 그 순간을 캐치했다. 뭔가 있다는 확신. 과연 엄마는 거기서 봐버렸다. 아버지와 마담이 오래된 사이라는 것을.

"희재 개가 뭐가 있기는 있지."

오도리 아저씨였다. 이상하게 절망적인 어조였다.

"특별한 일이 있었던 것은 아니야."
"그게 더 문제지. 차라리 뭔가 있었다면 그 관계는 빤한 거잖아. 서로 그 뭔가를 하지 못한 것이 문제라는 거지."

한숨 소리가 들렸다. 오도리 아저씨의 것인지 아버지의 것인지 확실치 않았다. 둘은 또 말이 없었다. 한참 뒤 아버지는 더욱 절망적으로 말했다.

"애 엄마가 희재를 만났어. 그냥 만난 게 아니고 거기서 일을 했어."

"뭐야? 위장취업?"

"말하자면, 그런 셈이지. 식당에서 일하면서 희재를 관찰했나봐."

"무섭다."

"그래. 더 무서운 건…… 희재더러 가엾다는 거야. 그러더라, 그 여자 참 딱하다고. 내가 무슨 말을 할 수 있었겠냐? 마누라가 그렇게 말하는데. 그 다음부턴 그 집에 안 갔어."

아버지는 진짜 엄마에게 코가 꿴 것이다.

엄마가 수예점을 일주일 동안 닫은 적이 있다. 6개월 전쯤이다. 엄마는 급한 일이 있다고 했지만 바로 그 급한 일이란 게 희재라는 아줌마 술집 주방일이었던 거다. 엄마가 전원주택에 열을 올린 것도 그때이다. 엄마는 아버지의 신경을 다른 쪽으로 옮기려고 아파트를 팔고 집을 사는, 그 번거로운 일을 했는지도 모른다.

그 즈음에 엄마가 나한테 심각하게 의논한 것이 있다. 바로 수예점 이름이었다. 엄마의 수예점 상호는 '규방 수예점'이었는데, 사실 아주 평범하면서도 아이러닉한 이름이기는 했다. 아버지를 처음 만났을 때도 수예점 이름이 '규방'이었다. 외할머니가 아주 자부심을 가지고 지은 상호였다는데, 그걸 그대로 엄마가 이어 받은 것이었다. 엄마는 한 번도 수예점 이름에 대해서 고민한 적이 없었고 그건 나도 마찬가지였다. 규방의 뜻이 무엇이었는지에 대해서도 생각해 보지 않았었다.

"규방이라는 이름이 너무 갑갑하잖아."

"지금까진 괜찮았잖아."

"뜻을 생각 안 했었지. 인터넷 찾아보니까 규방이 글쎄, 조선시대 여자들을 격리시킨 방이었다더라."

"그 정도는 아닐걸. 그냥 여자들의 방 아니야?"

"그게 그거지. 요조숙녀 만든답시고 남자들을 얼씬도 못하게 했던 방이잖아."

"엄만 하나는 알고 둘은 모르네. 그래서 더 남자들의 호기심 대상이었겠지."

"그런가?"

"그래. 아버지 생각하면 몰라? 아버지도 그때 규방 수예점 앞에 있었잖아."

엄만 웃었지만 표정은 밝지 않았다.

수예점 이름은 바뀌지 않았다. 규방이란 이름은 수예점엔 그저 그런 이름일 따름이다. 그건 소울메이트란 술집도 마찬가지다. 소울메이트가 술집 이름이 되었을 때 그건 특별한 이름이 아니다. 지나가는 사람들에게 낭만적인 호기심을 유발시키는 이름일 뿐인 것이다.

아버지가 그 소울메이트 아줌마랑 그렇고 그런 사이였을까. 아닐 것이다. 아버진 분명 별일 없었다고 했다. 그리고 오도리 아저씨는 별일이 없었기에 더 별일이라고 했다. 만약 진짜 별일이 있었다면 엄마가 지금 살아 있을 리 없다. 병수 엄마처럼 우울증에 걸려서 자살 소동을 벌였을 수도 있다. 그러나 엄마에겐 아무 일도 없었다. 오히려 엄마는 씩씩하게 집을 사고 여전히 아버지와의 첫날밤을 이야기한다. 별일이 없었던 거다.

그래도 찝찝하다. 어쨌든 엄마를 흔들어 놓은 건 분명하다. 생각해 보면, 요즘 아버지가 더 우울해 보였다. 오늘 오도리 아저씨에게 말하는 목소리도 절망적이다. 그런데 소울메이트 아줌마는 예쁠까. 팜므 파탈이겠지. 정말 예쁜 여자들은 다 조금씩 죄를 짓고 있을지도 모른다. 남자들을 유혹하고, 남자들을 절망에 빠트리고, 그 남자의 여자를 우울하게 만들고.

그렇담 병수는 왜 나를 좋아할까. 어쩌면 착각인지도 모른다. 병수는 나를 별로 안 좋아하는데 괜히 나 혼자만 이러는지도 모른다. 사실 병수가 사귀자고는 했지만 그건 농담이었을 수도 있다. 그 애는 내 손을 잡으려고도 하지 않았다. 성욕이 넘칠 때라는데 손도 잡으려 안 했다는 것은 나를 좋아하지 않는다는 뜻이거나 게이거나, 둘 중 하나가 아닐까.

아버지와 오도리 아저씨 이야기는 더 이어질 수 없었다. 엄마가 오자 오도리 아저씨는 서둘러 돌아갔다. 방에서 나온 나를 보고 두 사람은 조금 놀라는 것 같았다. 하지만 내가 졸리운 듯 자연스럽게 인사를 하자 역시 안심하는 얼굴이었다. 그건 어른들의 단순함이었다. 어른들은 아이들이 단순하다고 생각하는 단순함을 범하는 사람들이다.

아버지는 오도리 아저씨를 배웅한다고 했지만 두 분은 한 잔 더 하실 거다. 그리고 더 은밀한 이야기를 나누겠지. 혹시 둘이서 소울메이트라는 술집에 갈지도 모른다. 엄마와 나는 별말 없이 각자 잠자리에 들었다. 엄마가 나한테 말을 걸지 않은 것은 다행이었다. 아버지와 오도리 아저씨가 나눈 이야기를 발설하지는 않았겠지만 내 호기심은 엄마에게 아버지 옛날 일을 본격적으로 캐물었을 것이고 그럼 엄마도 의심할 것이 빤하니까.

남자가 카페에 혼자 앉아 있다. 댄디 스타일이다.
카페에 혼자 앉아 술을 마시는 댄디는 두 부류로 나눌 수 있다.
여자 때문에 고민하고 있는 경우와 여자한테 잘 보이려고 하는 경우.

어쨌거나 '여자의 부재'가 댄디로 하여금 혼자 술을 마시게 한다.

– 에드바르 뭉크, 〈와인 한 병이 있는 자화상〉, 1906

8

"아버지한테 직접 물어 봐."

며칠 뒤 병수와 맥도날드에서 다시 만나서 아버지와 소울메이트 술집 아줌마 얘기를 하자 병수가 대뜸 그렇게 말했다.

"어떻게 물어 보니?"
"궁금해 하고 의심하는 것보다 낫지 않아? 너 안 물어 보면 그럴 거잖아."
"그래도 내가 알면 안 되는 진짜 비밀이 있을 수도 있잖아. 사람은 진실을 몰라서 모르는 것이 아니라, 진실이 두려워서 알려고 하지 않는 거라고."
"그런 말은 어디서 들었니?"
"들은 게 아냐, 체득한 거야, 오랜 경험으로."

그건 정말이었다. 나는 그쯤은 알고 있었다. 내가 병수에게 자기 엄마 얘기를 하지 않는 것도 그렇고, 엄마와 아버지의 그 첫날밤의 풍경을 구체적으로 떠올리지 않는 이유도 그 때문이었다. 그 진실을 다 누설하고, 다 알아버리면 결국 상처만 생기는 것이다.

"그럼 엄마에게 물어 봐."

"그것도 어려워. 그럼 내가 알고 있는 사실을 말해야 하잖아."

"네가 뭘 알고 있는데? 그 술집 아줌마와 아버지 사이에 아무 일도 없었다며. 그럼 엄마에게 얘기할 수도 있는 거잖아."

"그런가?"

"그렇지. 오히려 판도라의 상자를 열었는데 별거 아닐 수도 있어."

"하지만 대단한 것이 나오면 어떡하니?"

"걱정 마. 네 상상력과 체험으로는 이해 못 할 것일 테니까."

나는 병수가 뭘 두고 그런 말을 하는지 당연히 안다. 병수가 나를 얕잡아 보고 있는 것이다. 차라리 이럴 땐 얕잡아 보이는 게 낫다. 하지만 이 순간에 여자애들이 주로 취하는 순진한 표정 따윈 하고 싶지 않았다.

그런데 엄마에게 물어볼 필요가 없어졌다. 엄마가 다시 수예점 문을 닫았기 때문이다. 지난번에는 엄마가 아빠를 미행했다면, 이번엔 내가 엄마를 미행했다. 엄마가 들어간 곳의 간판엔 분명 '소울메이트'라고 되어 있었다. 소울메이트 앞에서 한 시간 기다렸지만 엄마는 나오지 않았다. 나는 기다리는 일을 그만두었다. 더 기다리면 내가 나중에 더 감당이 안 될 것 같았다.

엄만 저녁이 되서야 돌아왔다. 식사 준비를 하는 엄마 뒷모습을 보려니 화가 났다. 어떻게 저렇게 아무렇지도 않게 아버지 밥상을 차린단 말인가.

"엄마, 바른 대로 말해."

"뭐?"

"바른 대로 말하라구."

"아니, 요 쪼그만 년이, 엄마한테 바른 대로 말해가 뭐야?"

엄만 당황했음이 틀림없다. 엄마는 당황하면 말이 거칠어지기 때문이다.

"다 봤어."

"뭘 다 봐, 요년아."

"소울메이트가 뭐야?"

"뭐?"

"희재가 누구야?"

내가 이렇게까지 화가 난 건 엄마가 청승스럽고 불쌍하게 느껴졌기 때문이다. 도대체 엄마는 아버지한테 직접 따져야지 왜 남의 술집에 슬쩍슬쩍 드나든단 말인가.

그래도 우리 엄마는 거짓말은 하지 않는다. 사실을 순화시켜서 완곡하게 말할 줄도 모른다. 있는 그대로 말하는 것이 엄마의 장점이자 약점이다.

"그날 말이야, 비오는 날, 엄마 수예점 앞에……."

"뭐야? 또 아버지 그림자 타령이야?"

"아니야, 더 들어봐. 그때 네 아버지한텐 사법고시가 중요한 게 아니었어. 그 여자를 찾으러 왔던 거야."

"소울메이트?"

"그래. 첫사랑이었나 보더라."

"근데 다시 만난 거야? 그 여잔 이혼했대?"

"어떻게 알았냐?"

"엄마, 지금 삼류 드라마 쓰고 있는 거야. 빤하잖아. 이혼한 여자가 술집 차렸는데 첫사랑 남자가 찾아가는 거."

"그렇지, 참. 근데 그게 끝이 아니야. 오도리 아저씨 있지? 그 아저씨도 그 여자를 좋아했었나봐."

역시 팜므파탈이시군. 두 남자를 파멸시켰다 이거지.

"그 아줌마 예뻐?"

"뭐 그런대로."

엄마는 부정하지 않았다. 그럼 예쁜 거다. 여자는 그 여자가 연예인이나 유명한 사람이면 모를까 자기 주위의 다른 여자를 예쁘다고 잘 말하지 않는다. 예쁘지 않은 것이 아니다, 고 말한다면 그건 정말 예쁘다는 거다.

"근데, 엄마는 거기 갈 마음이 생겨?"

엄마가 그 여자를 불쌍하다고 아버지에게 말했다는 것이 생각났다. 그 말은 단지 남편을 자기 편으로 끌어들이기 위한 일반적인 여자의 교묘한 술수가 아니라, 엄마의 경우엔 진짜였나 보다.

"인테리어 한다고 해서 도와주려고 갔어."

엄마는 한결 어조가 누그러져 있었다.

"엄마가 뭐 인테리어 전문가야? 엄마가 왜 그걸 도와?"
"결혼한대."
"누구랑?"

사랑은 이렇게 시작되는 거다.

설마 그들이 호수에 뜬 배를 보고 있겠는가.
그들의 팔이 각각 뒤로 앞으로 잡혀 있거나
깍지가 끼어 있는 이유는 서로에게 다가가고 싶은 마음을 부여잡고 있기 때문이다.

여자는 가슴을 최대한 내민 자세로 자신의 여성성을 드러내고 있다.
저런 자세, 얼마나 허리가 아프겠는가.
남자는 한 쪽 다리를 단 위에 올려 몸을 더 크게 보이게 만들고 있다.
만약 남자가 두 다리를 그냥 똑같이 바닥에 올렸다면
이렇듯 멋있어 보이진 않았을 것이다.

– 리카르도 베르그, 〈북유럽의 여름 저녁〉, 1899~1900

9

오도리 아저씨가 왜 왔었는지도 밝혀졌다. 아저씨는 그 아줌마랑 잘 해 보고 싶었던 것이다. 그래서 아줌마와 한때 약간의 관계가 있었던 아버 지를 마음먹고 찾아왔던 것이다. 집들이는 아저씨의 명분이었던 셈이었 다. 그렇다, 오도리 아저씨랑 소울메이트 아줌마가 결혼하게 됐다.

아저씨는 왜 20대 때 좋아했던 여자를 다시 찾은 걸까. 그것도 일종의 제 2의 인생일까. 좋아했던 사람을 20년 후에 다시 만나면 어떤 기분이 들 까. 늙은 모습에 싫지 않을까. 늙은 모습에 오히려 연민이 생기는 걸까.

병수를 20년 후에 보면 어떨까. 그땐 내 나이 서른여덟이다. 아, 상상도 안 된다. 20년 후를 상상하기엔 아무래도 나는 아직 너무 어리다. 당장 2년 후, 대학생이 된 내 모습도 상상이 안 되는데.

　"너도 병수 다시 잘 봐."
　"걘 아냐. 벌써 5년째야. 그런데도 아무렇지도 않거든."
　"그러니까 더 잘 봐두라는 거야. 너 봐라, 어떻게 친구 관계가 5년씩 이나 이어지냐? 그건 뭔가 통하는 게 있다는 거지. 그런데 둔한 네가 모를 뿐이야."

엄마 말이 일리가 있는 것 같아 나는 아무 말도 할 수 없었다. 가령, 그럴

262

만한 사건이 또 있었다. 병수는 내가 일명 개바지를 입고 다닐 때부터 봐온 아이다. 엄마가 수예점을 하는 덕에 어릴 때 나는 겨울만 되면 털실로 짠 개바지를 입고 다녔다. 분홍색 개바지, 자주색 개바지, 밤색 개바지…… 엄마는 색깔별로 개바지를 입혔다. 바지뿐만이 아니었다. 스웨터에 카디건에 모자까지 털실로 짜서 입히고 씌웠다. 결코 예쁜 얼굴이 아니었던 나는 그 털실 패션 때문에 단연 사람들의 눈에 띄었다. 정말 난처한 일이 아닐 수 없었다. 그래도 나는 엄마의 자존심을 생각해 암말 않고 그 패션을 소화해 냈다. 그런데 병수가 그 패션에 대해서 한마디 한 적 있다.

"넌 정말 옷을 잘 입는구나."

처음엔 장난치는 줄 알았다. 그런데 그게 아니었다.

"네가 교문을 나서는 것을 봤어. 3층 교실에서. 너 정말, 에잇, 부끄러워 말 못 하겠다."

그렇게 말하고 병수는 정말로 얼굴을 붉혔었다. 그건 진심이었다. 너 진짜로 예뻤다든지, 뭐 그런 비슷한 말을 했으면 그건 아부일 가능성이 있다. 병수가 말로 표현을 못 했다는 것, 그 대신 얼굴로 보여줬다는 것, 그것이 병수의 진실이었던 것이다. 나는 그 진실에 감동하지 않을 수 없었다. 내 개바지의 역사를 다시 쓰는 순간이었다.

"근데, 늙어서 뭐 결혼까지 한대?"

"늙었으니까 하는 거지. 살 날이 많이 남았으면 감히 결혼하겠냐?"

"엄만 그 어릴 때 왜 했는데?"

"뭘 몰라서 했지."

"엄마 후회하는 거야?"

"난 독신주의자야."

"결혼했잖아."

"결혼했으니까 독신주의자가 됐지."

"엄마, 그게 딸한테 할 소리야?"

"할 말, 못 할 말 가리면, 그게 모녀 사이냐?"

엄마도 힘들었던 거다. 나는 엄마의 또 다른 비밀을 알게 될까 봐 더 묻지
못했다. 어쩌면 결혼을 해 봐야 진정한 독신주의자가 되는지도 몰랐다.

"아버지는 뭐래?"

"심란하겠지."

엄마는 고소하다는 듯한 표정을 지었다.

"남 얘기 해?"

"그 여자가 아빠보고 그랬대, 한번 안아보자고, 아들 안듯이 한번 안
아보자고."

"……."

"네 아빠가 그 말을 하는데, 표정이 말이야, 기대도 아니고, 실망도 아니고, 후회도 아니더라. 그래서 끝난 줄 알았지."

엄마에게 그래도 아빠를 사랑하느냐고 묻고 싶었지만 그만두었다. 대답 대신 지청구만 들을 것이다. 모녀 사이는 그런 거다, 다 물을 수도 없고, 모든 대답을 들을 수도 없다. 앎이 아니라 무지를 방어해야 할 때가 있는 법이다. 나는 얼핏 깨달았다. 스무 살이 되기 전까진 이 무지를 지켜야 한다는 것.

"너, 목적지에 닿는 방법은 두 가지가 있다. 하나는 고속도로 타는 것, 또 다른 하나는 지방도로 넘는 것. 그런데 고속도로 타면 한방에 가지만 재미가 없다. 남녀관계도 마찬가지야. 빨리 가면 그만큼 여자한테 손해다. 대우를 못 받기 때문이지. 지방도로 타면서 남자에게 꽃도 받고 좋은 풍경도 보고 맛있는 것도 먹고 그러다가 쉬기도 하고 그래야지. 너도 절대로 고속도로 타지 마라."

그게 엄마의 성교육이라는 걸 난 안다. 엄마처럼 고속도로 타지 말라는 것 말이다. 엄마는 그러니까 애틋한 연애를 하고 싶었던 거다.

"엄마도 연애하면 되잖아."

"요년이 못하는 말이 없네."

엄마는 다 큰 딸이 하는 말에 대해 보통의 엄마가 하는 말을 그대로 옮겼다. 괜히 좋으면서 '못하는 말이 없다'는 식으로 핀잔을 준 것이다.

엄마는 연애 대신에 수예경연대회에 나갈 준비를 했다. 수예경연대회는 십자수, 퀼트, 뜨개질 같은 것들이 종목인데, 엄마는 모든 종목을 다 섭렵했지만 특히 뜨개질이 전공이었다. 제발 개바지 같은 건 뜨지 말라고 했지만, 사실 그 개바지를 싫어하는 건 아니다. 그건 나한테 아주 중요한 추억인 것이다. 기억은 누군가의 말에 의해서 변하기도 하는 것이다. 내 개바지는 병수의 말 때문에 사랑스러운 에피소드가 되었다.

병수 엄마에 대한 기억도 제멋대로 만들어진 것이었다. 병수 엄마는 자살한 게 아니었다. 암으로 돌아가신 거였다. 기억이란 게 만들어지기도 한다더니, 하여튼 쓸데없는 데 상상력이 너무 과잉된 게 문제다. 이 상상력이 예술적 감각이나 언어적 기발함에 작용하면 얼마나 좋겠는가. 어쩌면 꿈을 꾼 것인지도 모른다. 꿈이었는데 너무 충격적이라서 혼자서만 곱씹고 다른 사람에게는 말을 하지 않다 보니 그걸 사실로 여겨 버렸을 수도 있다.

내게 더 큰 문제는 이 무용의 상상력에 대해 이상하리만큼 믿음을 갖는다는 데 있다. 엄마가 늘 그 첫날밤 얘기를 꺼내서일 수도 있다. 그 먼 옛날의 일을, 게다가 '나'는 등장하지도 않는 이야기를 자주 상상하다 보니, 내 상상력은 엉뚱한 곳에서만 발동을 하게 된 것이다.

어쨌든 병수는 비극적인 가정사를 가진 아이가 아니었고 그저 평범한 중학생일 뿐이다. 그동안 병수한테 너무 잘해 준 것 같다. 병수가 오해하기 전에 다시 내 현실 감각을 되찾을 필요가 있다.

중년이 바라는 노년의 삶은 이런 것이다.

부부가 마주 앉아서 각자의 일을 하는 것.
남자는 책을 읽고, 여자는 뜨개질을 한다.
집 안은 잘 정돈되어 있고 마당에선 식물들이 건강하게 자라고 있다.

두 사람은 각자의 일을 하다가 서로 이야기도 나누고
그러다가 같이 낮잠을 잘 수도 있을 것이다.

– 한스 토마, 《평온한 일요일》, 1876

두 여교수

1

나는 지방대 여교수다. 전공은 문법이다. 싱글이다. 돌싱은 아니고 결혼을 안 했다. 싱글 여교수라 하면 떠오르는 그런 에로틱한 이미지는 접어야 한다. 나는 예순세 살이다. 예순세 살의 여교수는 꼬장꼬장한 지식으로 꽉찬 마녀처럼 보이기도 할 것이다. 게다가 나는 90 넘은 노모와 함께 산다. 엄마는 10년 전에 치매가 왔다. 아버지는 내가 세 살 때 돌아가셨다. 그때 엄마 나이 스물여섯이었다. 엄마는 홀로 나를 키웠다.

내가 속한 과에는 여교수가 둘 있다. 다른 한 명은 40대 초반의 편교수다. 역시 미혼이다. 미혼인데다 인물이 좋다. 그런데도 스캔들이 없다. 편교수는 지방대를 나왔다. 지방대에서 학위를 땄으면 콤플렉스가 있을 법도 한데 그런 건 없어 보였다. 아마 콤플렉스가 너무 강해서 그걸 감추려고 무던히 노력하다 보니 그렇게 된 건지도 모르겠다.

나는 이대를 나왔다. 서른여섯 살에 교수가 되었는데, 이대 나온 여교수라는 타이틀은 내가 생각해도 너무 근사했다. 남들도 다 그렇게 봤다. 하

271

지만 그 타이틀이 내 감옥이 될 줄 몰랐다. 나는 이대 나온 싱글 여교수란 타이틀에 취해서 제대로 된 사랑에는 한 번도 취하지 못했다. 너무 눈이 높았던 게 문제가 아니었다. 너무 안보의식이 강했던 게 문제였다. 잃을 것도 없으면서(남편도, 자식도 없으면서) 늘 너무 많이 가진 자처럼 행동했다. 항상 몸조심을 했다. 차라리 편교수처럼 지방대를 나왔다면 나는 열정적인 사랑을 했을지도 모른다. 그렇다면 편교수는 정열적인 사랑을 했을까?

그럴지도 모른다. 미모는 모든 성공을 정당화하고 수많은 결점을 가려주는 재능임에 틀림없다. 무엇보다 그녀는 사랑에 대해 일가견이 있어 보인다. 여교수들만 모인 자리에서 그녀는 거의 강연을 하다시피 한다. 남자 교수들이 있는 자리에서는 별말이 없다. 내숭으로 보이진 않는다. 남자교수들과 함께 모인 자리에서 편교수가 얌전한 것은 아니기 때문이다. 오히려 아무 관심이 없어 보인다. 남자교수들을 은근히 무시하는 것처럼 보이기도 한다. 편교수는 통 재미없는 장소에 억지로 끌려온 사람처럼 앉아 있곤 한다.

그런데도 나처럼 늙은 여교수들이 모인 자리에서는 편교수가 무척 활달해진다. 사실, 대학에서는 젊은 교수보다 늙은 교수가 훨씬 많다. 다들 삼사십 대 넘어서 교수가 되고 보니 들어오자마자 늙기 시작하는 것이다. 그래서 편교수는 마치 할머니들 앞에서 애교를 피우는, 봉사 정신 투철한 좋은 여자 같다. 그래서 미워하기가 어렵다. 게다가 그녀의 말은 요상하게 냉소적인데, 그런 말투가 늙은 할머니 교수들을 유쾌하게 한다. 할머니라고 남녀관계에 무관심한 것이 아니다. 우리도 사랑을 했으며, 때론 사랑을 원한다. 어떤 할머니는 치매가 걸려서라도 치매 걸린 남자를 만나 사랑하고 싶다는 말을 하기도 했다. 나는 너를 모르고, 너는 나를 모르니, 그보다 더 좋은 사랑의 조건이 어딨느냐는 것이다.

방 안에도, 입은 옷에도, 아무 장식이 없다.
그래서 여자의 고독이 더 진실되게 느껴진다.
이 그림의 화가 하메르쇠이는 회색 계통의 색만을 사용하여 명암과 농담을 표현하는
그리자이유(grisaille) 기법을 주로 사용했다고 한다.

그 회색조는 빛과 공기가 섞인 색이다.
여자도 빛과 공기 속에 홀로 있다.

나이든 여자가 창가에 선다는 건 앞을 내다보는 것이 아니라
뒤를 생각한다는 뜻이다. 여자가 창문 너머 바라보는 것은 미래가 아닌 과거다.

– 빌헬름 하메르쇠이, 〈창 옆에 선 나이든 여자〉, 1885

2

음대 백교수의 정년퇴임을 앞두고 여교수 몇 명이 모였다. 여교수들이 모이면 거의 과반수 이상이 싱글이다. 백교수, 편교수, 나를 포함하여 열 명 중 여섯 명이 싱글이다. 게다가 이 열 명 중 일곱 명이 50대 이상이다. 이런 조합은 어떤 다른 집단에서도 찾아보기 힘들 것이다.

나이든 여교수들이 편교수를 추동해서 기어이 이야기를 끌어내었다.

"남녀 관계에 있어서 감탄은 오히려 명령하는 것에 가까워요. 정말로 영악한 명령이죠. 남자가 여자에게 '넌 너무 예뻐'라고 말한다면 그건 '미모를 가꾸기 위해 더 노력해'라는 뜻이 깔려 있어요. 반대로, 여자가 남자에게 '당신, 참 잘해'라고 아주 징글맞게 말한다면…… 혹시 뭘 잘한다는 건지 모르시진 않죠?"

편교수는 슬그머니 웃었다. 옆에서 백교수는 날카로운 웃음을 터뜨렸다. 너무 심하게 즐거워한다.

"여자가 남자에게 '당신, 참 잘해'라고 하면 그건 '당신은 더 잘하기 위해 체력과 기술을 길러야 할 거야'라는 뜻이 들어 있는 거죠. 근데 말이죠, 여자에게 예쁘다는 말은 허영이고, 남자에게 잘한다는 말은 허세인 것 같아요. '예쁘다'와 '잘한다'는 말이 오가면서, 허영과 허세가 오가고, 사랑은 오염되는 거죠."

편교수는 사랑에 있어서 로맨티스트는 아닌 셈이다. 이런 위악적 태도가 여교수들에게 인기를 끌게 하는 요소임에 틀림없다.

그녀는 야한 말도 능청스럽게 했다. 그녀의 말을 요약하면 이렇다. 여자는 사랑을 할 때 애무하지 않는단다. 여자가 남자를 손으로 만지는 것처럼 보일 때도 여자는 남자를 만지는 것이 아니라, 남자의 살결에서 미끄러지는 자기 손가락을 느끼고 있는 것이란다. 여자는 만질 때조차도 만져지고 있다는 얘긴데, 과연 그럴까?

내게도 사랑이 있었다. 왜 없었겠는가. 5년에 한 번씩은 있었다. 그런데 꼭 헤어짐의 순간만 정확히 기억난다. 좋았던 것보다 헤어졌던 순간이 훨씬 더 생생하다. 가령, 마흔둘에 헤어졌던 그 남자와는 유럽풍 카페에서 헤어졌다. 겨울이었고 바닷가 옆에 있는 카페였다. 카페 인테리어는 주인이 직접 한 것이라고 했다. 주인은 불어를 전공한 여자였고 그래서 가구라든지, 조명이라든지, 컵 같은 것들을 모두 프랑스에서 공수해 온 것이라 했다. 페치카가 있었고 아늑했다.

하지만 지금은 그런 식으로 기억하지 않는다. 오히려 그 집은 그 주인 여자의 허영으로 가득찬, 너무 장식이 많아 청소가 제대로 안 돼 있었던 것으로 기억한다. 페치카는 있지만 그건 단지 장식일 뿐이고 난방은 엉망이어서 발이 무척 시려워 그 남자가 무슨 말을 하는지 집중하지 못했던 기억으로 남아 있다.

나는 그 남자에게 참 잘했었다. 그 남자를 좋아하긴 했지만, 더 좋아하는 척했다. 그 남자를 걱정했지만, 더 걱정하는 척했다. 그 남자를 배려했지만, 더 배려하는 척했다. 섹스도 나쁘진 않았지만, 더 좋은 척했다. 나는 그 남자를 사랑한다는 것을 그런 식으로 더 많이 표현하고 싶었다. 딱 좋아하는 만큼만 좋아한다고 할걸, 잠자리에서도 만족하는 만큼만 만족한다고 할걸, 걱정하는 척하지 말걸, 배려하지도 말걸……. 그런 회한이 지나갔다. 그는 내가 누군지도 모르고 나를 버렸을 것이다.

그 남자는 그때 독신주의자들이 결혼하면 잘 산다고 했었다. 급진적 독신주의자들은 자기 삶의 스타일을 결코 버리려고 하지 않기 때문에 어떤 식으로든 결혼 속에서 자신의 삶을 지키려고 한다는 것이다. 그러다보니 자기 결혼 생활의 스타일을 스스로 디자인하고 창의적으로 실천하게 된다는 것이었다. 나 또한 내심 그와의 결혼을 상상하지 않은 것은 아니었다. 그런데 그는 자기보다 열여섯 살이나 어린 대학원생과 결혼해 버렸다. 이해하지 못하는 것은 아니다. 남자도 초혼이다. 후사를 봐야 할 것이다. 인류학적으로라도 남자가 잉태능력이 뛰어난 젊고 건강한 여자를 원하는 것은 당연하다. 그렇게 독신주의자라더니, 그는 독신주의자들이 더 잘 산다는 논리를 내세우며 나를 떠났다. 그가 마지막으로 한 말은 "당신은 내게 너무 과분한 여자예요"였다.

물론 내가 먼저 헤어지자고 한 적도 있다. 하지만 그때는 상대가 나로 하여금 그 말을 할 수밖에 없게 만들어서 그랬다. 그런 경우, 헤어지자고 말하는 사람보다, 그렇게 말할 수밖에 없게 만드는 사람이 훨씬 더 나쁘다. 그는 영악한 사람이다.

그 당시 김추자 노래 〈님은 먼 곳에〉에 꽂혔었다. "마음 주고, 눈물 주고, 꿈도 주고, 멀어져 갔네"라는 가사는 처절했다. 꿈을 준다는 것은 모든 것을 다 줘 버렸다는 뜻이다. 이 노래의 가사는 품위와 긴장이 있다. 마음 주고, 눈물 주고, 다음엔 으레 '몸도 주고'일 거라 예상하겠지만, 아니다, '꿈도 주고'다. 몸을 주는 것보다 꿈을 주는 것이 더 절망적이다.

얼마 전엔 텔레비전에서 시트콤을 보면서 울었다. 시트콤은 여자가 아픈 장면부터 시작되었다. 남자는 그런 여자를 물끄러미 바라보다가 밖으로 나갔다. 좀 있다가 남자가 들어왔는데, 그의 손에는 검은 비닐봉지가 들려 있었다. 그는 프라이팬을 가져와 봉지에서 무언가를 꺼냈다. 꽃등심이었다. 그는 앓고 있는 여자 곁에서 꽃등심을 굽기 시작했다. 꽃등심은 여자가 가장 좋아하는 거였다. 너무 아파서 죽도 못 먹고 있는 여자에게, 남자는 그녀가 가장 좋아하는 음식은 먹을 수 있겠지 싶어 꽃등심을 사 온 것이다. 여자는 물론, 기꺼이 그 꽃등심을 먹었다. 그 장면에서 울컥했다. 물론 내게 저런 호사가 없었다는 자기연민 때문이었다. 60이 넘어서도 저런 장면에 가슴이 아프다. 가슴이 아픈 나 때문에 더 가슴이 아프다. 도대체 언제까지 사랑에 마음 아파야 하는가. 사랑의 장면을 보며 자기

연민을 느껴야 하는가. 이제 여성호르몬도 거의 바닥이 났을 텐데, 내 몸의 무슨 작용으로 나는 지금껏 울컥하는가.

그림 제목이 〈갇혀 버린 봄〉이다.

이 제목은 중의적이다.
봄이 여자의 집에 갇혀 있다는 의미이기도 하지만.
그보다 여자가 봄임에도 불구하고 집에 갇혀 있다는 의미이다.
여자는 무엇 때문인지 밖으로 나갈 수가 없다.

그것이 외적인 이유라면 그나마 견딜 수 있겠지만.
내적인 이유라면,
가령, 자기 자신에 대한 억압 때문이라면 견디기가 더 힘들 것이다.
사회적으로 성공한 여자들은 이렇듯
빛나는 봄에도 스스로를 가둬 버리는 경우가 많다.

'성공'이 아니라 '성장'하려면 자신을 풀어 줘야 한다.

– 아서 해커, 〈갇혀 버린 봄〉, 1911

어쩌면 사랑에 관해서는 나보나 편교수가 훨씬 더 고수일 것이다. 편교수는 마치 나를 취재하려는 듯한 눈빛을 보이기도 했다. 60이 넘은 여자가 90 넘은 치매 노모를 혼자 모신다는 것에 호기심이 발동하는 것이다.

"치매가 오면 잊지 않고 제 이야기를 쓸 거예요."
"그게 말이 돼? 치매가 오면 잊지 않겠다는 말이?"
"완전 잊히기 전에, 오락가락 할 때 이야기를 쓰는 거죠. 사실과 환상이 뒤섞이겠죠. 그럼 정말 뜻밖의 이야기가 나올 거예요."

이런 말을 하는 건 편교수가 치매에 관해 정말 아무것도 모르기 때문이다. 치매 엄마와 함께 있은 지 10년이 됐다. 내 연애사가 끝난 시점과 맞물려 엄마가 쓰러졌다. 뇌졸중이 오고, 이어 치매가 이미 예약돼 있었다는 듯이 찾아왔다. 지금 엄마는 거동을 못 하신다. 치매 말기다. 나를 알아보지 못할 때도 많다. 치매는 낭만적인 이야깃거리가 아니다. 치매는 단지 정신만의 문제가 아니다. 정신이 무너지면서 몸도 죽어가는 것이다.

"선생님, 요즘 다리는 좀 어떠세요?"

편교수가 물었다. 한 달 전에 다리를 삐끗해서 오른쪽 대퇴부 관절에 문제가 좀 생겼던 거다.

"응, 좀 괜찮아졌어요."

"오늘 차 안 가져 오셨죠?"

"왜 태워주려고?"

"왜 아니겠어요? 당연히 그래야죠."

편교수의 차 안은 예상처럼 깔끔하지는 않았다. 차주가 여자임을 나타내는 그 어떤 표시도 없었다. 막상 편교수의 차를 타니 약간 어색하기조차했다. 차가 일정한 속도에 접어들었을 때 그래서 조금 더 어색해졌을 때그녀가 말을 꺼냈다.

"선생님, 외람된 질문을 해도 될까요?"

그녀는 무척 조심스럽게 물었다. 하지만 그 조심스러움이 별로 조심스럽게 여겨지지 않았다. 예견하고 있던 것이었다. 언젠가 그녀가 물을 줄 알았다. 특히나 이렇게 단둘이 되었을 때 그녀가 질문할 거라 생각하고 있었다. 그 질문의 내용도 뻔했다. 엄마도 내가 엄마를 위해 내 일상을 포기하길 바랄까 하는 질문일 것이다.

"선생님 어머니도 그러길 바라실까요?"

"나도 잘 몰라요. 그냥 내가 좋아서 그러는 거예요. 나도 알아요, 내가 엄마로부터 독립되지 못해서 그렇다는 걸. 내가 이기적인 것일 수도 있다는 걸. 하지만 나는 엄마가 없는 삶은 생각할 수 없어요."

여기까지의 말은 그 질문에 대한 나의 상투적인 답변이었다. 묻는 사람이 너무 많았다. 자신이 나와 친하다고 생각하는 사람들은 다 물었다. 그리고 나는 거의 똑같이 대답했다. 그들은 나를 이해할 수 없다. 이해할 수 없는 사람에게 그때마다 성실하게 답할 필요는 없는 것이다. 그런데 편교수에게는 한마디 더 하고 말았다.

"엄마에게 삶에 대한 집착이 보일 때가 있어요."

의식은 거의 없지만 엄마는 지독하게 살고 싶어 하는 것처럼 보일 때가 있었다. 물론 삶을 포기한 듯 보일 때도 있었지만, 그 또한 지금의 삶을 지속할 힘이 남아서, 편안해서 그런 것 같았다. 그러니까 엄마는 살고 싶어 하는 거고, 살아서 좋은 것이다. 그런 엄마를 요양병원에 혼자 둘 수는 없었다.

모녀의 애착관계가 강한 이유는,
서로의 아픔과 슬픔을 너무 잘 알고 있어서다.

엄마가 살아온 인생을 딸은 반복한다.
딸이 겪고 있는 아픔을, 엄마는 다 안다.
딸도 자신이 지금 당하고 있는 고통이,
엄마가 이미 겪었던 일임을 안다.
그래서 둘은 쉽게 떨어질 수 없는 것이다.

- 칼 빌헬름 메이어, 〈용서〉, 1908~1909

4

"창문을 좀 열까요?"

편교수는 뒷좌석 창문과 자기 편의 창문을 열었다. 내 편의 창문을 열지 않아서 나는 강한 바람을 직접 맞지 않고 창틀에 부딪쳐서 부드러워진 바람을 느낄 수 있었다. 참 사회화가 잘 된 여자다. 작은 행동으로 사람을 감동시킬 줄 아는 여자다. 그래서 얄밉다.

편교수는 시집을 딱 한 권 냈다. 제목도 〈꽃과 잠〉이라 했다. 낭만적인 클리셰겠지, 그렇게 생각했는데, 문단의 평은 좀 다른가 보다. 글쎄, 에로티시즘이긴 한데 강렬하지 않고 슬프단다. 슬픈 에로티시즘의 젊은 여류 시인 교수라⋯⋯. 그 타이틀 때문인지 편교수는 남자들 앞에서 지나치게 무심하거나 거만했다. 거만하고 피곤해 보이는데다 냉담한 듯한 아름다운 얼굴로 오히려 젊음을 이용하려는 듯한 여자가 있는데, 편교수도 그런 부류일지 모른다. 사실 그러하다, 늙은 여자가 피곤한 얼굴을 하면 그냥 피곤한 거지만, 젊은 여자가 피곤한 얼굴을 하면 나른한 거다. 나른하게 섹시하다고나 할까.

소설 〈위대한 개츠비〉에는 여자를 둘로 나누는 부분이 나온다. 뭘 입어도 섹시한 외출복을 입은 것처럼 보이는 여자와, 뭘 입어도 매번 운동복을 입은 것 같은 여자. 전자엔 편교수가, 후자엔 내가 들어간다. 그러니까

286

둘이 탄 차 안의 풍경을 피츠제럴드 식으로 묘사하면 섹시한 외출복을 입은 여자와 후줄근한 운동복을 입은 여자가 한 차를 타고 늦가을 바람을 맞으며 집으로 가는 중이었던 거다.

동료 여교수의 결혼식에 편교수와 함께 간 적도 있다. 결혼한 여교수는 56세였다. 60이 다 돼서 결혼을 하다니. 그것도 세 번째 결혼이었다. 그녀는 합법적인 정부관계를 원하는구나, 하는 생각이 들었다. 규칙적이고 위생적인 섹스를 원하는지도 모른다. 그녀는 나이보다 젊어 보였는데, 규칙적인 섹스는 에스트로겐 분비를 높여 골다공증도 예방하고 심장에도 좋아 삶의 질까지 높여준다니 합법적인 정부관계를 마다할 이유는 없을 것이다.

나는 드레스를 입고 있는 쉰여섯 살 여자에게 예쁘다고 말했다. 그녀는 정말 환하고 순진하게 웃었다. 그녀에게서 그런 웃음을 보기는 처음이다. 여자란 정말로 예쁘다는 말을 듣기 좋아하는가 보다. 얼마 전 푸치니 오페라 〈라보엠〉을 봤는데, 거기서 가장 황당한 장면은 미미가 죽어가면서 "나, 아직도 예뻐?"라고 할 때였다. 아니, 죽어가면서까지 본인이 예쁜지, 안 예쁜지 묻다니. 그에 대한 로돌포의 대답은 참으로 창의성이 없었다. "그럼, 태양처럼 예쁘지." 죽어가던 미미는 곧이어 샐쭉해져서 "지는 태양이죠"라며 앙탈을 부렸다. 여자는 죽어가면서까지 자신이 예쁘기를 바란다. 그리고 자신을 예쁘다고 말해주는 사람에게 앙탈과 교태를 부린다.

나는 예쁘다는 말을 거의 들어본 적이 없다. 여교수에게 예쁘다는 말을 함부로 할 수 있는 사람이 없어서라고 생각했었는데, 그게 아니었다. 그냥 나는 예쁘지 않았던 것이다. 몸을 사리고 있는 여자에게 예쁘다고 말하는 남자는 별로 없다.

딱 한 번, 술이 취했을 때 법대 곽교수가 나한테 예쁘다고 했다. 나는 너무 민망해서 "알고 있다"고 대답해 버렸다. 사실이기도 했다. 나는 내가 예쁘다고 생각했었다. 하지만 남들은 그렇게 생각하지 않는다는 걸 알고 있었는데, 그 정도로 주제 파악 못하고 있었던 건 아닌데, '알고 있다'고 답해 버린 것이다. 정말 나는 너무 부끄러워하는 여자였던 거다. 너무 부끄러워하는 여자는 지나치게 쿨하다.

서른아홉 살 때였다. 정확히 아홉수가 왔다. 하는 일마다 잘 안 되었다. 아주 부자와 결혼할 뻔도 했다. 그런데 그때 마침 내겐 이상한 가치관이 생겨 버렸다. 사랑하지도 않는 부자와 결혼하는 것이야말로 창녀가 되는 방법 중에서도 가장 천박한 방법이라 생각했던 것이다.

결혼식장에서 나오면서 편교수가 귓속말을 했다.

> "아, 저 교수님, 또 이혼할 기회를 얻었네요. 이혼이란 거, 드라마틱하잖아요. 과정도 결과도."

편교수답다. 하지만 나는 이혼하지 않고 사는 부부들도 많이 알고 있다. 아이 때문에, 양육비 때문에, 위자료 때문에, 그 모든 것이 번거로워서 그냥 사는 것이다. 내가 이 웬수 때문에 이런 번거로움을 감내해야 하나 하는 생각이 들어서다. 그것이 설령 이혼이라도 웬수 같은 배우자와 함께하기엔 너무 귀찮은 것이다. 그냥 이대로 살면 되는데, 아무것도 달라지는 게 없는데, 군이 이혼할 필요가 없다고 생각하는 것이다. 게다가 이혼하지 않고 살 때의 불행은 충분히 가늠된다. 하지만 이혼했을 때의 불행은 예측할 수가 없다. 많은 부부들은 예측 불가능한 불행보다는 예측 가능한 불행을 택한다. 예측 가능하다면 극복도 쉬울 것이다. 그러다가 혹여, 나중에 죽을 때쯤 돼서는 "당신에게 미안해" 하면서 마른 손을 부여잡고 눈물을 흘리게 될지도 모른다.

'결혼 파티'라는 제목의 그림이다.

제목은 '결혼 파티'지만 정작 이 결혼의 주인공은 화면 맨 앞 정중앙의 검은 개로 보인다.

주인공을 하나 더 꼽으라면 역시 화면 가운데 순백 드레스의 신부라 할 만하다.

무엇보다 신부의 허리를 중심으로 화면이 X자 형태로 구성되었다.

그러니 이 그림의 제목은 '신부와 검은 개'라고 해도 무방할 것 같다.

신랑은 그만큼 비중이 없어 보인다.

종종 우리 삶에도 이런 우스꽝스러운 결혼식이 연출되기도 한다.

– 앙리 루소, 〈결혼 파티〉, 1905

나도 유부남을 사귄 적이 있다. 왜 없겠는가. 나는 60년 이상을 미혼으로 살아온 사람이다. 스무 살 때부터 쳐도 거의 반백 년이다. 반백 년 동안 온갖 남자를 다 만나 보지는 못했지만, 유부남은 당연히 만나 봤다.

그 남자, 이렇게 말했다.

> "아내와 당신, 둘 모두 내게 필요해. 이기적인 게 아냐. 내 삶에 대한 예의지. 나는 내 삶을 아름답게 만들기 위해 둘 다 껴안아야 하는 거야. 내 삶에 들어온 당신과 함께 아름다운 삶을 느끼고 싶어."

그 말이 너무 멋있어서, 50세를 넘긴 나는 그만 그의 어깨에 기대고 말았다. 그리고 얼떨결에 키스해 버렸다.

물론 지금은 끔찍하다. 그렇게 말한 그 남자보다, 그 좁은 어깨에 기대고, 키스하는 따위의 행동을 했던 내가 더 끔찍하다. 나는 성경 구절 중에 '찢어 죽여라' 등과 같은 표현을 보거나 들으면 소름이 끼칠 정도로 쾌감이 들곤 한다. 나를 안다고 생각하는 사람들은 못 믿을 것이다. 아니면 농담이라고 생각할 것이다. 하지만 그건 정확히 감각적인 사실이다. 정말 나는 그 표현을 들으면 입이 슬쩍 벌어지면서 웃음이 나온다. 복수에 대한 욕망 때문일 것이다.

그러나 복수는 하지 않는다. 복수는 상대가 결코 복수를 꿈꾸지 못할 정도로 완벽하게 해야 하는데 그럴 자신이 없다. 복수의 도미노 속에서 내삶을 탕진하고 싶지는 않은 것이다. 그렇다 하더라도 복수의 욕망까지 묵살해 버릴 수는 없는 노릇이다. 그건 나 자신에 대한 올바른 태도가 아니다.

복수. 이 복수가 나를 버린 남자에게만 향하는 건 아니다. 간병인들에도 적용된다. 내가 학교에 가 있는 사이, 엄마에겐 간병인이 온다. 그들도 출퇴근을 한다. 오전 9시부터 오후 5시까지다. 8시간을 엄마를 보살피는데, 보살핀다기보다는 방치하는 간병인이 더 많았다. 아예 외출했다가 들어오는 여자도 있었다. 울화통이 터졌다. 가슴이 내려앉기도 했다. 그런데도 싫은 소리 하기가 어려웠다. 다음 간병인이 구해지기 전까지 어쨌든 그 여자에게 엄마를 맡길 수밖에 없었던 것이다.

내가 가장 평온할 때는, 집에 좋은 간병인이 있고, 내겐 강의가 없는 시간이었다. 단순히 안정된 상태가 아니었다. 나는 그때 정말 안전하다고 느낀다. 그 시간에는 산책을 하곤 했다. 산에 오르는 것도 나쁘진 않았지만 경사가 있고 여기저기 피해야 할 돌이나 나무가 있어 걸음에 주의를 해야 하기 때문에 가급적 평지를 선택해서 걷곤 했다. 가장 좋은 곳은 단연 강변이었다.

편교수 차가 지금 그 강변 옆을 지나고 있다.

"이 도시엔 강이 있어서 사람들이 숨을 쉴 수 있는 것 같아요."

"그렇지. 나도 종종 강변에 나가요. 집도 근처고."

"저두요. 간혹 갑갑할 때 강변에 나가면 후련해지는 것 같아요. 아닐 때도 있지만."

편교수는 민망하다는 듯이 웃었다. 어쩐지 그녀의 비밀을 보았다는 기분이 들었다. 그 말 때문이 아니라, 그 말을 하고 난 다음의 어색한 웃음 때문이었다.

여자가 강변을 혼자 걷고 있다.
철학자 김영민은 상처받은 자가 걷는다고 했다.
그 걸음은 세상의 속도보다 훨씬 느리다.
그 느림 때문에 세상의 가혹함에서 잠시 벗어날 수 있는 것이다.

두 여교수가 강가를 산책하는 것은 스스로 상처를 치유하고
세상의 속도로부터 잠시나마 이탈한다는 의미이다.

- 라요스 데아크 에브너, 〈강변〉, 1877-1880

6

편교수 차에서 내려 집에 오니 엄마는 곤히 주무시고 계셨다. 간병인에게서 문자가 왔다. '시간이 돼서 나왔어요. 주무시고 계세요.' 간병인은 단 5분을 기다리지 않는다. 시간은 5시 10분에 멈춰 있었다.

간혹 이렇게 시간이 정지해 있다는 생각이 든다. 시침이 없는 벽시계를 보면 시간이 가는 것이 아니라 저기 저 지점에서 움직이지 않고 있는 것처럼 보이는 것이다. 그럴 때 갑갑해진다. 편교수는 갑갑할 때 강변에 간다고 했지. 1시간 정도는 괜찮을 것이다. 엄마가 저토록 편안히 주무시고 계시니.

과연 강변의 바람은 달랐다. 나는 강변의 바람이 그리워 나온 거지만 대부분의 사람들은 운동을 위해 나왔을 것이다. 사람들마다 걸음걸이가 다르다던데, 강변에선 모두 똑같아 보인다. 모두들 파워워킹을 하고 있기 때문이다. 운동에 집착하는 사람도 외로워서 그러는게 아닐까. 외로우니 자기 몸과 소통하는 거지.

안티 에이징이라 해도 마찬가지다. 안티 에이징은 에이징을 두 번 죽이는 일이다. 영원한 청춘이라는 신드롬은 어쩔 수 없이 늙어 가는 모든 존재들을 다 소외시키고, 오직 그 슬로건만 무한히 빛을 낸다. 아무도 성취할 수 없는 그 명제를 다들 신들린 듯 추종하고 있지만 아무도 그것을 성취할 수는 없다. 성취했다고 긍정하는 순간 그의 몸은 그를 배반하고 늙어 간다.

파워워킹족들 사이에 단연 눈에 띄는 사람들도 있다. 젊은 남녀 커플이다. 이들의 걸음걸이 또한 개성은 없는데, 왜냐하면 거의 대부분 여자가 남자에게 거의 쓰러지다시피 해서 걷기 때문이다. 전혀 그렇게 보이지 않는 여자가, 그러니까 혼자서도 분명 씩씩하게 걸을 만한 체형의 여자가 롱스커트를 입고, 원래 나는 집에서 이렇게 입어요, 라는 식으로 남자에게 기대 걷는 것이다.

그러려고 한 건 아닌데, 우연히 그들이 선 채로 키스를 하는 장면도 본 적이 있다. 남자가 여자의 허리를 감싸고 그들은 둘만의 영화를 찍는다. 그런 장면을 내가 지나치지 못하고 빤히 몇 초간 보았다는 것에 약간의 자기연민이 느껴지기도 한다. 이런저런 생각에 걸음이 더 늦춰지기도 하고, 그 생각들을 다 떨쳐내려고 나 또한 파워워킹을 시도해 보기도 한다.

연인이 산책하는 모습만큼 아름다운 것이 있을까.
그중에서도 가장 아름다운 것은 저렇게 일정한 거리를 두고
서로에게 나직한 말을 건네며 걷는 풍경이다.

연인의 산책은 단 둘만의 산책이 아니다.
사랑하는 두 사람 사이에는 우주의 무궁한 시간이 함께한다.
그러니까 둘 사이에 그 어떤 것도 끼워 넣지 않으려고
마치 부대끼듯 걷는 것은 산책의 진정한 아름다움을 스스로 반납하는 일이다.

모름지기, 아슬아슬 두근두근하지만,
또한 무한히 고요한 순간이 가장 아름다운 법이다.

– 조르주 쥘 빅토르 클래랭, 〈숲 속 산책〉, 1900

걸음의 속도와 사유의 속도가 같아지는 때가 있는데, 그렇다고 해서 논문 쓸 거리를 생각하는 건 아니다. 물론 간혹 17세기 국어나 현대 높임법에 대한 생각을 하기도 하지만, 17세기 국어에 대한 생각은 그에 대한 논문 발표를 할 때 세미나장에서 나를 몹시 씹었던 그 젊은 교수에 대한 분노로 바뀌고, 현대 높임법에 대한 생각은 압존법을 전혀 모르고 교수들이 모인 자리에서 "조교 선생님께서 말씀하시길"과 같은 표현을 쓰는 한심한 학장에 대한 흉보기로 바뀌었다.

정말 재미없는 생각이지 않은가. 강변에 나와 생각한다는 게 고작 이런 것들이다. 스스로 자조하면서 고개를 들었는데, 저 멀리서 시커먼 파카를 뒤집어쓴 여자가 울면서 걸어오는 게 보인다. 아직 겨울도 아닌데 저런 파카를 입고 나오다니 하는데, 걷는 모습이 눈에 익다. 팔을 다른 사람보다 약간 뒤로 젖혀서 얄밉게 걸어가는 포즈는, 편교수다. 그녀가 울면서 지나가고 있는 것이다. 울 수도 있다. 나도 그런 적이 있으니까. 우는 건 대수롭지 않은데, 옷은 대수롭다. 편교수도 저렇게 옷을 입으면 하나도 섹시하지 않구나, 라고 생각하며 그냥 모르는 척 걷는다. 아는 체 안 하는 게 낫다.

"선생님!"

편교수가 스치면서 나를 부른다.

  "운동하러 나오셨어요?"

운 사실이 역력한데도 표정은 밝다. 자기한테서 울었다는 표시가 난다는
걸 알 터인데, 편교수는 그런 것엔 개의치 않는 듯하다. 당황한 것은 오히
려 내 쪽이다.

그녀는 그냥 나와 함께 걷는다. 보폭을 나한테 맞추고 있다.

  "오늘 세 번이나 선생님 뵙네요."
  "그러게, 이상한 날이네."
  "이상한 날인데, 더 이상해져 볼까요?"
  "어떻게 더 이상해지나?"

나는 은근히 편교수에게 반말을 쓰고 있었다. 그사이 가까워진 건가? 편
교수의 울음을 봐서 그런가? 편교수가 깔끔한 정장 대신 우중충한 운동
복을 입고 있어서 그런가? 아니면 교수 타이틀 다 없애고 늙은 여자와 젊
은 여자로 만나서 그런가? 어쨌든 이상한 날이 맞기는 하다. 그런데 어떻
게 더 이상해질 수 있다는 말일까?

  "선생님 댁에 놀러가도 될까요?"

"응?"

"댁이 이 근처시랬죠?"

"그래, 가자. 안 될 것 없지."

순순히 그녀를 집으로 데려가기로 한 건 전적으로 그녀의 말대로 이상한 분위기 탓이다. 방금까지 울었던 여자가 하는 부탁을 안 들어 줄 수는 없는 노릇이다. 게다가 이 적응 안 되는 분위기 때문에 평소 적응하기 어려운 행동을 할 수도 있는 거다.

"환자가 있는 집에는 이상하게 아득한 냄새가 나요."

집에 들어서면서 그녀는 그렇게 말한다. 그리고 그녀는 어머니 방이 어디인지 묻는다. 나는 안방을 가리킨다.

그녀가 안방에 들어간다. 뭐라고 말하는 것 같은데 잘 들리진 않는다.

"방금 엄마한테 뭐라고 했어?"

"인사드리구요, 좀 놀다 가겠다고 말씀 드렸어요."

그녀와 식탁에 마주앉았다. 그제야 비로소 자기 얼굴에 대한 이야기를 한다.

"제 얼굴 엉망이죠?"

"응. 좀 그러네."

나는 그냥 솔직히 말해준다. 나를 따라서 우리집에 온 것도 그렇지만 그렇게 묻는 품새가 거짓말 안 해도 돼요, 라는 표정이기 때문이다.

편교수가 입고 왔던 검은 파카를 벗어서 식탁 의자에 건다. 아까 봤던 회색 정장 슈트 그대로다.

"집에서 바로 나왔어요, 갑갑해서요."

그녀가 웃는다. 자세히 보니, 얼굴에 거뭇거뭇 기미도 보이고 눈밑에 주름도 있다. 이 여자도, 늙어가는구나, 싶다. 늙어서 추한 것이 아니라 약해 보인다. 약하지만 자기 자신에게 진실한 사람에게는 강한 사람조차 꼼짝 못하는 법이다. 그러니까 약한 사람이 강한 사람을 제대로 상대하려면 진실해지는 방법밖에 없다.

여자가 식탁 의자에 혼자 앉아 있다.
무엇을 하는지도 모르겠고, 무슨 생각을 하는지는 더더욱 모르겠지만,
그녀를 잠시 이렇게 둬야 한다는 것은 알겠다.

《월든》의 저자 헨리 데이비드 소로는 사람과 사람 사이 소통에서의 비극은
말에 대한 오해로 시작되는 것이 아니라 침묵을 이해 못할 때 시작된다고 했다.

상대의 침묵을 이해할 때
우리는 비로소 그 사람과 소통을 시작할 수 있게 되는 것이다.

– 빌헬름 하메르쇠이, 〈하얀 의자에 앉은 여자가 있는 실내〉, 1900

8

그녀는 얼굴을 씻고 오겠다고 한다. 나는 욕실이 저 쪽에 있다고 말한다. 그녀는 성큼성큼 욕실로 들어간다. 세수를 하는 데는 오랜 시간이 안 걸렸다. 욕실에서 나오면서 그녀가 묻는다.

"선생님, 로션 있으세요?"

그녀는 정말 별별 것을 다 요구하고 있다. 어색한 상황을 극복하기 위해서는 오히려 극적으로 천연덕스러울 수밖에 없는 것이다.

나는 그녀에게 로션과 커피를 함께 건넨다.

"선생님, 긴장하신 건 아니죠?"

편교수는 장난치듯, 미안한 듯 웃었다. 솔직히 긴장이 안 된다는 게 긴장되긴 했다. 긴장해야 할 상황인 것 같은데 아무렇지도 않고 자연스러워서.

"선생님께는 무슨 말이든 해도 될 것 같아요."

그럴 수 있다. 원래 사람들은 불행한 사람 앞에서는 무슨 말이든 해도 된다고 생각하기 때문이다. 그러니까 편교수가 보기에 나는 불행한 사람이다.

"절망적인 상황이, 아무것도 할 수 없다고 판단되는 상황이, 오히려 사람을 더 진정시키기는 것 같아요. 선생님도 그러실 때 있으셨죠?"

그럴 때가 왜 없었겠는가. 말했지만, 나는 70 가까이 살았고, 하는 연애마다 절망적이거나 우스꽝스러웠고, 10년을 치매 엄마와 함께 지내면서 삶과 죽음 사이를 오가고 있다.

"덤으로 산다는 생각이 꼭 좋은 것일까요? 어떤 배우가 자신은 단 한 편의 뛰어난 작품을 했기 때문에, 더 이상의 작품은 있을 수 없기 때문에, 죽어도 괜찮다는 말을 하더라구요. 그러면서 그 작품 이후 자기 삶은 덤이라고……. 그런 생각은 관조나 겸허일까요? 아니면, 더 이상 주목을 받을 수 없는 배우의 방어기제일까요?"
"글쎄, 둘 다겠지?"
"저도 비슷한 생각을 한 적이 있어요. 교수가 되어 안정된 자리에 올랐고 논문도 쓸 만큼 썼고 책도 이만큼이면 됐고, 부모님도 여생을 잘 보내실 거구, 그러니 이제부터의 삶은 덤이라고. 물론 결혼은 안 했지만요. 마음은 편해졌는데 동시에 무의미해졌어요."

이런 말에 대해서는 대꾸를 안 하는 게 낫다. 편교수는 지금 내 조언을 듣고 싶은 게 아니라 자기 말을 하고 싶은 거다.

"이별할 때 정직할 수 있는 사람이 되면 좋겠어요. 더 좋은 사람 만날 수 있을 거라는 말로 섣불리 위로하지 않는 사람, 널 위해서 이별하는 거라며 쿨하게 말하면서 상대에게 더 이상 질척거리지 마라는 식으로 냉혹하게 대하지 않는 사람이 되면 좋겠어요. 그냥 솔직하게, 있는 그대로, 그 동안 사랑했다고, 그런데 이젠 더 이상 어디로 가야 할지 모르겠다고 말하는 사람, 그리고 상대가 마음 아파하는 것을 아파하는 사람……. 저는요, 선생님, 이별의 순간, 정말 아픈 사람이 되면 좋겠어요."

편교수는 지금 자신이 아픈 사람이 되면 좋겠다고 말한다. 이별 중인가? 이별을 하면서 자기가 진짜 아팠으면 좋겠다고 말하는 여자는 자신이 한 사랑에 대한 확신이 있는 사람이다. 나는 한 번도 못 해봤다. 그렇지만 반면교사라고, 나도 그 우중충한 연애사에서 깨달은 점이 있다.

"그래, 그 사람이 성숙한지 아닌지는 이별의 순간에 드러나는 법이지."
"어리석은 것도 감추기 어렵지만, 훌륭한 것도 감추기 어려운 것 같아요. 자기도 모르게 그 훌륭함이 나와 버리거든요."

편교수는 좋은 사람과 헤어지려나 보다. 좋겠다. 진정으로 질투가 난다. 사랑하고 있는 여자보다 더 질투가 난다. 나는 그 질투 나는 여자에게 할 말이 없다. 하지만 그렇게 질투 나는 여자를 내 집에 들여서 이야기를 하고 있다는 것이 흐뭇하기도 하다. 정말이지, 대한민국에서 늙어가거나 늙은 싱글녀들의 삶은 고달프기 짝이 없다.

나이 든 여자가 무조건 젊은 여자에게 질투를 느끼는 것은 아니다. 나이가 들어야만 알 수 있는 생의 비의를 이미 알고 있는 듯한 젊은 여자에게만 질투를 느낀다. 시간은 나에게 생의 비의를 주고 젊음을 앗아갔는데, 저 여자는 아무것도 빼앗긴 것이 없구나, 하는 박탈감에서 질투가 나오는 것이다.

"저녁은 못 먹고 가겠어요."

참, 말 이상하게 한다. 보통 식사 하고 가라고 하면 사양하는 것이 순서일 터인데, 이 여자는 제가 먼저 저녁 못 먹고 가겠다고 한다. 사람 마음 편하게 하는 데는 정말 선수다.

학교에서 봐요, 라고 말하려다 그만둔다. 그것만큼 어색한 인사는 없을 것이다. 편교수가 신발을 신는다. 키튼힐이다. 강변을 걸을 때도 저 힐을 그대로 신고 있었던 것이다.

"그 신발을 신고 걸었어?"
"네, 흙길에 푹푹 빠지기도 했어요."

나는 그녀와 함께 엘리베이터를 타고 내려간다. 그렇게 해 주고 싶다.

편교수의 뒷모습은 그냥 검은 파카를 입은 늙지도 젊지도 않은 여자다. 언젠가의 내 모습도 저랬을 것이다. 데자뷔 같기도 하다. 20여 년 전, 엄마와 나의 모습도 이랬을 것이다. 엄마는 내 뒷모습을 보며 무슨 생각을 했을까.

집에 와 "엄마" 하고 불러 본다. 아침마다 깨어서 제일 먼저 하는 일이 엄마를 부르는 일이다. 그때의 기분이 내 하루 컨디션이다. 습관처럼 "엄마" 부를 때는 그저 그런 날이고, "엄마"라고 기쁘게 부를 때는 뭔가 설레는 일이 있는 날이다. 하지만 잘 불러지지 않는 날이 있다. 두려운 날이다. 엄마가 나를 떠날까 봐, 내가 엄마를 보내고 싶어할까 봐 두려운 날, '엄마'라는 말이 잘 나오지 않는다. 점차 그런 날이 많아져간다.

하지만 오늘은 "엄마"라고 부르는데 설렘도 두려움도 없다. 습관도 아니다. 뜬금없이 엄마를 부르는데 엄마가 내 옆에 있다는 사실에 마음이 따뜻해진다. 그리고 나도 모르게 엄마에게 수다를 떨기 시작한다.

"엄마, 알아? 〈이 안드레스 뻬르농 마마(Oi Andres Pernoun Mama)〉라는 노래가 있어. 좀 어렵지? '남자들이 떠나가요, 엄마'라는 뜻이야. 그리스 노랜데, 여자 가수가 불러. 나처럼 나이 들어가는 여자야. 나를 사랑한 남자들은 왜 하나같이 다 나를 떠날까, 묻는 노래야. 엄마, 근데, 나도 그랬어. 왜 그랬을까?"

20여 년 전에 했어야 했던 말이다. 그땐 그 말을 하지 못했다. 다 늙어서 괜히 20여 년 전으로 돌아가 그때의 마음으로 엄마에게 투정을 부리는 것이다. 그 기분이 참 바보처럼 좋다.

엄마의 침실에 강바람 냄새가 나는 듯하다. 엄마 숨소리를 들어 본다. 엄마는 지금 평온하시다. 삶을 살고 계신 거다.

나는 엄마 곁에서 내 삶을 살고 있다. 내가 엄마를 위해 희생하는 것이 아니다. 청상이 된 엄마가 나를 혼자 기르신 것이 당신의 삶이며 행복이었듯이, 나도 엄마 옆에 이렇게 있는 것이 가장 행복하다.

여자가 배경 속으로 묻히는 것처럼 보이기도 하고,
배경 속에서 나타나는 것처럼 보이기도 한다.
전자로 보인다면 부정적 성향의 사람이고,
후자로 보인다면 긍정적 성향의 사람일까.

그렇지 않을 것이다.
배경 속에 묻히든, 배경을 뒤로 하고 나타나든,
여자의 실루엣은 그저 아름답다.
때로는 의미를 유보해야 할 때가 있다.

의미가 없어도, 불안해도,
균형을 잡고 살아내는 것, 그것이 성숙이다.

조르주 쇠라, 〈파라솔 아래 앉은 여자〉, 1884

---○---

에필로그

이 세상 사람들은 모두 조금씩 이상하고 말이 안 되지만, 또 달리 생각해 보면, 아주 이상하지도, 완전히 말이 안 되는 것도 아닌, 그런 삶을 살고 있다.

〈헌팅〉의 명은은 백화점에서 물건을 훔치지만, 그러는 사이 우리는 그녀를 망봐주고 있었음을 깨닫게 된다. 그녀가 헌팅을 멈추게 되기를 바라는 마음 또한 그녀의 헌팅을 지지하는 마음과 다르지 않았다.

〈동희 언니〉에서, 서언이 동희 언니를 멀리하려 했던 것이 실은 미안했기 때문이라는 걸 알게 되는 순간, 우리가 누군가에게 등 돌렸던 이유도 사실은 미안해서였다는 걸 비로소 깨닫는다. 서언이 정우를 놀려대는 것이 여자의 상처를 아는 한 남자로부터 보호받는 또 하나의 기술이라는 것도 눈치 채게 된다.

〈지금은 별거 중〉의 진숙은 답답한 여자다. 괜한 꿈으로 자신의 선택을 바꾸려 한다. 그러나 끝까지 그녀를 연민하지 않게 되는 것은 그녀의 바

312

보스러움이 가장 행복한 삶을 사는 비결일지도 모른다는 생각이 들기 때문이다.

〈터키행진곡〉을 읽으면 자신에게는 없었던 사춘기 시절의 사랑이 새삼 만들어지기도 한다. 없었던 풋사랑을 그리워하게 되는 이상한 증상에 빠지는 것이다. 그리고 이야기 속 어린 그 아이가 참았던 눈물을 대신 쏟게 되기도 한다.

〈미자의 레스토랑〉에서는 50대 여자 미자의 새로운 로맨스를 기대하게 된다. 나도 50대에 그럴 거라고 은근히 떠벌리고 싶기도 하다. 사랑은 팽팽한 얼굴과 빽빽한 머리숱으로 하는 것이 아니라 여전히 빛나는 눈으로 하는 거라는 진실이 마지막에 떠오른다.

〈엄마의 소울메이트〉를 읽다 보면, 모든 사랑을 인정하고 싶어진다. 엄마의 아버지에 대한 사랑, 아버지의 첫사랑에 대한 사랑, 첫사랑을 못 잊는 남자의 첫사랑과의 결혼, 사춘기 아이들의 사랑까지. 그런데 가장 힘겹게 사랑을 지켜내는 엄마의 사랑에 가장 마음이 간다. 그녀의 인내가 애처로워서가 아니라, 그럼에도 불구하고 자신의 삶에 최선을 다하기 때문이다.

〈두 여교수〉에서 미혼의 60대 여자가, 딸을 알아보지도 못하고 거동도 못 하는 엄마와 10년을 사는 것을 보면 그것이 다른 사람의 인생임에도 고마워진다. 함께 등장하는 편교수의 이야기를 읽으면 분명 겪지 못한 낯선 중년 여자의 이야기인데도 기시감이 느껴진다.

간혹 내 삶도 누군가의 삶을 반복하고 있는 듯한 느낌이 들 때가 있었다. 그녀들의 이야기를 쓰면서 더욱 그러했다. 나 또한 어느새 예순이었고, 간혹 스무 살로 돌아가기도 했고, 서른의 시점에서 쉰 살을 사는 듯한 느낌이 들기도 했다. 그녀들처럼 누군가를 떠나보내고, 누군가를 껴안았다.

다른 사람의 시간을 쓰는 것은 내 시간을 새로 사는 길이라는 걸 알았다.

그 때문에 나는 한동안 멍한 시간을 보냈다. 그건 그녀들의 삶에서 내 삶
으로 건너오는 시간이었다.

그녀의 시간

초판 1쇄 인쇄 2015년 4월 23일   초판 1쇄 발행 2015년 5월 1일

지은이 한귀은
펴낸이 연준혁

출판 6분사 분사장 이진영
편집장 정낙정
편집 박지수 최아영 조현주 이경희
디자인 함지현
제작 이재승

펴낸곳 (주)위즈덤하우스   출판등록 2000년 5월 23일 제13-1071호
주소 (410-380) 경기도 고양시 일산동구 정발산로 43-20 센트럴프라자 6층
전화 (031)936-4000   팩스 (031)903-3895
홈페이지 www.wisdomhouse.co.kr   전자우편 wisdom6@wisdomhouse.co.kr
종이 월드페이퍼   인쇄·제본 (주)현문   후가공 이지앤비

값 13,800원   ISBN 978-89-5913-918-7 03810

국립중앙도서관 출판시도서목록(CIP)

그녀의 시간 : 인문학자 한귀은이 들여다본 성장하는 여자
들의 이야기와 그림 / 지은이: 한귀은. — 고양 : 예담 : 위
즈덤하우스, 2015
  p.;   cm

ISBN 978-89-5913-918-7 03810 : ₩13800

여성(여자)〔女性〕
성장기〔成長期〕
수기(글)〔手記〕

818-KDC6
895.785-DDC23   CIP2015011759